AF198613

Ich widme dieses Buch meiner Schwester.
Meiner Kämpferin.
Meinem Herz.

Anna-Lena Fogl

Prärieblume

Prärie-Reihe: Band 2

*Bibliografische Information der Deutschen Nationalbibliothek:
Die Deutsche Nationalbibliothek verzeichnet diese Publikation
in der Deutschen Nationalbibliografie; detaillierte bibliografische
Daten sind im Internet über http://dnb.dnb.de abrufbar.*

Herstellung und Verlag: BoD – Books on Demand, Norderstedt

Copyright: © 2018 Anna-Lena Fogl

ISBN: 978-3-746-09902-6

DIE AUTORIN

"Du brauchst auch mal frische Luft für dein Gehirn", war einer von vielen Sätzen, die die Autorin Anna-Lena Fogl als Kind und Jugendliche oft zu hören bekam. Nicht zu selten vergaß sie sich völlig in ihren kreativen Projekten und Dinge wie Schlafen oder Essen wurden da schon einmal zweitrangig. Die Liebe zu Pferden hat sie zum Glück vor einer akuten Sauerstoffunterversorgung bewahrt und gleichzeitig ihre Ideenwelt unentwegt beflügelt.
Geboren 1993 lebt sie derzeit in Bayern.

Webseite: https://annalenafogl.jimdo.com/
Facebook: www.facebook.com/annalenafogl/

DANKSAGUNG

Aus tiefstem Herzen dankbar bin ich
meiner Familie und meinem Partner.
Für alles!

~ ♥ ~

Wieder einmal gilt ein riesiger Dank meiner
zauberhaften Freundin Cilly für all die
lustigen und lehrreichen Abende!

~ ♥ ~

Ich danke meine Schwester fürs Korrekturlesen
und *ja*, das Wort „wettergegerbt" gibt es wirklich!

~ ♥ ~

Ebenso danke ich der Autorengruppe der „Federschwin-
ger" fürs Aushelfen, fürs Miträtseln und fürs Da-sein!

~ ♥ ~

Als neues Mitglied bin ich auch der Gruppe „Die Ro-
senheimer Autoren" unglaublich dankbar für die vielen
Tipps und die schönen Abende unter Gleichgesinnten!

**Courage is fear
holding on
a minute longer.**
George S. Patton

Prolog: *Glückselig*

Das Pendel schlug aufgebracht gegen die unnachgiebigen Wände der Kirchenglocke. Das Läuten schallte über die gesamte Stadt, welche stiller als gewöhnlich dalag. Einige der Bewohner waren vor Kurzem unter dem großen Holzkreuz über der Eingangstür eingetreten und hatten sich erwartungsvoll auf einer von den acht hölzernen Kirchenbänken eingefunden. Das goldgelbe Licht der späten Vormittagssonne fiel durch die Fenster in den Innenraum und sorgte für eine warme, zauberhafte Stimmung. Die Lampe über dem Altar für die Abendgottesdienste war nicht erleuchtet und so strahlten die wenigen wertvollen Prunkgegenstände am hölzernen Schrein allein durch das Licht der Sonne. Die kleinen Buchsbüschel mit den weißen Stoffbändern zierten die Seiten der Sitzbänke und zeigten unmissverständlich, dass heute keine gewöhnliche Messe stattfand.

„Ja, ich will", ertönte eine kräftige Männerstimme.

Alle Augen richteten sich anschließend auf die schöne junge Braut vor dem Altar. Sie stand dort, unendlich stolz und doch so zurückhaltend in ihrer Freude. Ihr wildes, rotes Haar war sorgfältig geflochten und unter einem durchsichtigen Schleier verborgen. Alles, auch ihr Kleid, war schlicht und trotzdem fühlte sie sich wie die Königin der Welt.

„Anne Warren", fuhr der Priester fort, „möchten Sie den hier anwesenden John Hastings zu ihrem rechtmäßig angetrauten Ehemann nehmen?"

Freudentränen glitzerten in ihren Augen und bahnten sich unaufhaltsam ihren Weg in die Freiheit. Sie strahlte ihren Zukünftigen an und ihr Herz wollte schier überquellen vor Glück und Liebe.

„Ja", seufzte sie, „ich will."

Der Priester klappte sein Buch zu und kam nicht dazu, den beiden die Erlaubnis zum Kuss zu erteilen. Sie fielen sich in die Arme und die Gäste klatschten begeistert.

Glücklich betrachtete Anne den schillernden, schlichten Ring an ihrem Finger. Die ersten Strahlen der Morgensonne fielen bereits zum Fenster herein auf ihr Bett und sie wusste, dass die Zeit der Zweisamkeit mit ihrem Mann begrenzt war - die Farm wartete.

John legte seinen Arm um ihre Taille und zog sie an sich.

„Guten Morgen, Ehefrau", raunte er, nachdem er ihren Hals geküsst hatte. Sie wusste, dass er lächelte.

Sie gab ihm einen Kuss und drehte sich auf den Rücken. Verträumt betrachtete sie sein wettergegerbtes Gesicht mit den dichten, dunklen Haaren und dem halblangen Bart. In den ebenso beinah schwarzen Augen könnte sie stundenlang versinken.

„Guten Morgen, Ehemann."

„Wie fühlt man sich, so verheiratet?"

Anne runzelte theatralisch die Stirn, als würde sie über etwas nachdenken, dann lächelte sie: „Wie der glücklichste Mensch auf Erden?"

Anstatt zu antworten, küsste er sie mit neu erwachen-

der Leidenschaft.

Schwer atmend löste er sich von ihr: „Du machst *mich* zum glücklichsten Menschen auf Erden, Anne."

Sie lächelte, strich über seine Wange: „Wenn ich könnte, würde ich den ganzen Tag mit dir in diesem Bett bleiben."

„Sei vorsichtig, ich lasse mich nicht zweimal bitten..."

Wieder küsste er sie und Anne drückte ihn lachend weg:

„Hör auf, die Tiere warten nicht."

„Oh doch, ich denke, die warten."

„Oh nein, das denke ich nicht", konterte sie und kämpfte sich frei.

Er seufzte resigniert und setzte sich auf die Bettkante. „Du bist nach wie vor viel zu pflichtbewusst."

Anne kniete sich hinter ihn und umschloss seine Brust. Sie flüsterte: „Einer muss es ja sein." Schnell hauchte sie ihm einen Kuss auf die Wange und stand auf um sich anzuziehen.

Nachdem John ihre wenigen Tiere gefüttert hatte, kam er zurück ins Haus und setzte sich an den Frühstückstisch, den Anne in dieser Zeit bereits vorbereitet hatte. Sie waren ein perfekt eingespieltes Team. Als Vollwaise hatte Anne keine Familie, die sie dafür rügte, unverheiratetermaßen bei einem Mann zu leben, und so arbeiteten sie bereits seit einem guten Jahr zusammen. Schüchtern wie er war, hatte John ewig gebraucht, um ihr seine Liebe zu gestehen und noch viel länger, um sie endlich um ihre Hand zu bitten.

Während er seinen Haferbrei aß, betrachtete sie ihn

und wunderte sich abermals darüber, warum gerade sie solches Glück haben durfte. Nach ihrem etwas schwierigen Start ins Leben schätzte sie sich mehr als gesegnet mit allem, was sie hatte: Einen tollen Ehemann, die Farm.

„Warum lächelst du? Iss doch was", sagte John.

Ihr Lächeln wurde noch breiter: „Mir ist gerade aufgefallen, dass wir noch nie Streit hatten."

„Wir sind ja erst seit gestern verheiratet."

Sie legte den Kopf schief.

„Ja", lachte er, „und wenn du nicht gleich aufisst, dann..."

„Dann was?", sie verzog schelmisch die Lippen und sah ihn herausfordernd an.

Er brummte. „Dann schleife ich dich zurück ins Schlafzimmer und lasse dich heute nicht mehr raus."

Sie zog die Schultern hoch: „Wenn du dann heute Nacht das neue Feld umackerst, während ich schlafe..."

„Ich sag's ja", seufzte er, „viel zu pflichtbewusst."

Zerflossen

Die Nacht war still. Endlich war es still. Kein Laut war mehr zu hören. Die Schwärze hatte alles verschlungen, nicht nur ihre Umgebung, sondern auch Anne selbst. Sie fühlte sich als wäre sie überhaupt nicht mehr hier. Nein - sie *war* nicht mehr hier. Alles, was von ihr noch übrig war, war ihre körperliche Hülle. Und bei Gott, sie hoffte mehr als inständig, dass diese bald ihr Ende fand.

Sie lehnte sich schwerfällig an die hölzerne Hundehütte und kümmerte sich nicht darum, dass ihre Hände vom Abstützen am Boden voller Staub waren. Es war Dreck, genauso wie sie selbst. Sandiger, erdiger Dreck. Schmutzig, das war sie jetzt. Für immer und ewig beschmutzt.

Möge die Ewigkeit möglichst kurz sein.

Anne hatte alles verloren. Alles. Und noch mehr. Alles, was ihr je wichtig gewesen war und auch den Rest hatten sie ihr genommen. John war tot. Ermordet. Kaltblütig ermordet. Das Bild seines erschrockenen, besorgten Blicks, als sie sich vor seinen Augen an ihr vergingen und ihm schließlich die Kehle aufschlitzten, hatte sich tief in ihr Gehirn eingebrannt.

Sie würde es nie wieder vergessen.

In diesem Moment war ihre gesamte Welt zu Staub zerfallen.

Es war ein grausamer, viel zu langsamer Tod gewesen. Kläglich war er an seinem eigenen Blut erstickt. Als

würde es immer und immer wieder geschehen, sah sie seinen Todeskampf vor ihrem geistigen Auge. Die Blutlache, die langsam immer größer wurde. Und den Moment, als der Ausdruck aus seinen Augen verschwand und er schließlich leblos auf dem Scheunenboden lag.

Seine Mörder hatten gelacht, mit ihren versifften Flaschen angestoßen. Gott, wie hatte sie gehofft, dass sie sich alle in den Tod saufen würden! Wer weiß, vielleicht stand tatsächlich der eine oder andere morgen nicht mehr auf?

Ihre eigenen Aussichten waren schlecht - solange sie zu *gebrauchen* war, würden sie sie nicht so schnell töten, da war sie sich sicher. Und retten würde sie auch niemand, denn außer John hatte sie niemanden gehabt. Davon abgesehen wollte sie überhaupt nicht gerettet werden. Wenn sie gekonnt hätte, hätte sie sich selbst mit der Gliederkette erdrosselt, an der sie sie angebunden hatten wie einen Hund. Was mit dem richtigen Hund geschehen war, konnte sie nur erahnen, doch sie wollte es gar nicht wirklich wissen.

Sie wünschte, sie hätte Todesangst, doch es war vielmehr Todessehnsucht, die sie erfüllte.

Anne hatte ihn nicht kommen hören. Wie schaffte ein Betrunkener es, so zu schleichen? Sie zuckte lediglich zusammen, als er beinahe über sie stolperte, und rührte sich nicht, wusste sie doch, was ihr höchstwahrscheinlich blühte. Sie wehrte sich schon lange nicht mehr, es hatte ohnehin keinen Zweck. Sie dachte sich einfach ganz weit weg von all der Demütigung und dem Schmerz. So weit weg sie nur konnte.

Sie wusste überhaupt nicht, wie ihr geschah, als ihre Hände plötzlich frei von den Fesseln waren. Erst, als das Halsband um ihren Hals verschwand, nahm sie durch ihre zugeschwollenen Augen hindurch langsam etwas von ihrer Umgebung wahr. Als kehre ganz langsam ein Hauch von Leben in sie zurück. Neben ihr war eine Frau, die an ihr zerrte. Anne blinzelte und ließ zu, dass sie auf ihre Beine gehievt wurde. Es war Abigail, die unerschrockene Frau, die sich mit den Männern der Cunningham-Bande herumtrieb. Sie hatte sie ein paar Mal gesehen, wenn sie einen der Männer begleitet hatte, um Futter für die Tiere der Banditen bei John zu holen.

Was tut sie hier?

Es lagen bereits einige Meter hinter ihnen, als Anne plötzlich begriff, dass sie sich vom Ort ihrer Peinigung entfernten. Sie liefen weg. Zum Teufel, es würde ihre Todessehnsucht nicht mildern, doch wenn sie ihre letzten Stunden ohne diese Ausgeburten der Hölle verbringen konnte, dann würde sie alles dafür tun. So gut es ihr geschundener Körper zuließ, lief sie mit Abigail mit. Umständlich und schwerfällig kletterte sie aufs Pferd und war froh, Abigail in der nächsten Sekunde hinter sich zu haben, da sie Angst hatte, vor lauter Schwindel wieder herunterzufallen.

Ihre Retterin ließ keine Zeit verstreichen und spornte das Pferd sogleich zum vollen Galopp an. Anne konnte nicht wirklich gut reiten und ihr Zustand machte es nicht leichter, sich im Sattel zu halten, doch sie klammerte sich mit aller Macht an das Sattelhorn und sah nichts außer der wallenden, flatternden schwarzen

Mähne, die ihrem Gesicht oft gefährlich nahe kam. Als sie ein gutes Stück Land hinter sich gelassen hatten, feuerte Abigail drei Schüsse in die Luft, die Anne durch Mark und Bein gingen. Das war ihr Befreiungsschlag.

Peng, peng, peng.

Sie war frei.

Nur, warum fühlte es sich nicht so an?

Benommen glitt Anne vom Pferd in Jacks Arme. Er war das Oberhaupt der Verbrecherbande, zu der Abigail gehörte - und ein guter Mensch, wie John ihr immer gepredigt hatte, wenn er sie besucht oder einen seiner Männer beim Futterholen begleitet hatte. Sie musste wohl in deren Herzstück gelandet sein, in deren Versteck. Doch Anne war es egal, sie nahm auch nichts von der in Dunkelheit getauchten Umgebung wahr. Weder interessierte sie, wo sie war, noch, was mit ihr geschah.

„Um Gottes Willen, Kindchen!", rief eine ältere Frau und eilte auf sie zu, „los, Francis, hilf mir!"

Ein hagerer Mann eilte herbei und gemeinsam stützten sie Anne, die sich plötzlich einer Ohnmacht nahe fühlte. Ihre Füße gehorchten ihr kaum noch, es kostete sie allerhand Anstrengung sich fortzubewegen. Sie hörte noch vage, wie Jack hinter ihr die Stimme erhob und offensichtlich jemanden zurechtwies, doch sie machte sich keine Gedanken darüber. Der Weg zu ihrem Ziel, einer der hölzernen Hütten, kam ihr vor wie eine Ewigkeit, an die sie sich später nur noch verschwommen erinnerte.

„Setz sie auf den Stuhl", wies die ältere Frau an, als sie

durch die Holztür eingetreten waren.

„Ich glaube, sie wird ohnmächtig, Emily", stellte der Mann, der Francis hieß, besorgt fest. Mit seiner Hand an ihrer Schulter hielt er sie aufrecht auf dem Stuhl.

„Niemand wird hier ohnmächtig", sagte Emily nachdrücklich, als könnte sie wahrhaftig darüber bestimmen, und packte Annes Kinn, „sieh mich an, Mädchen. Hast du irgendwelche größeren Verletzungen?"

Größere Verletzungen? Langsam und schwerfällig nahm ihre Iris scharfe Bilder wahr. Vor ihr war das Gesicht einer alten, harten Frau mit freundlichem Blick und grauen Haaren, die sie eindringlich musterte. Anne versuchte gar nicht erst, ein Wort herauszubekommen. Wie sollte jemand sprechen, der nicht mehr da war? Emily schien ihre Lage zu verstehen und akzeptierte ihr Schweigen.

„Hilf mir, sie aufs Bett zu legen."

Wieder eilte Francis zu Hilfe und sobald die Decke über ihr herabgesunken war, war Anne auch schon eingeschlafen. Sie wachte gefühlt eine Million Mal auf, heimgesucht von furchtbaren Bildern, und wagte es kaum, wieder einzuschlafen. Die eigentlich kurze Nacht schien Ewigkeiten zu dauern und sie fühlte sich kaum besser, als der nächste Morgen erwachte. Sie richtete ihren Blick starr an die Decke, ignorierte die warmen Sonnenstrahlen, die durchs Fenster hereinfielen und ihren seelischen Zustand regelrecht verhöhnten. Von draußen hörte sie die Stimmen der Männer, die beim Frühstück zusammensaßen. Einen kurzen Moment lang bahnte sich die Vorstellung einen Weg in ihre Gedan-

ken, dass es Bills Männer seien. Schmerzlich kniff sie die Augen zusammen und vertrieb das Bild aus ihrem Kopf. Bei all den Erinnerungen, die plötzlich hereinprasselten, musste sie einen Schrei unterdrücken.

Um ihre Sinne zu beschäftigen und so die Geschehnisse für ein paar Minuten zu vergessen, stieg sie aus dem Bett und ging zum Fenster. Draußen sah sie Emily, die an der Pfanne über dem Lagerfeuer hantierte und Tom, einem großen, bärtigen Mann, den Anne bereits von der Farm kannte, auf die Finger klopfte, als er sich einen Happen klauen wollte. Abigail aß bereits, Jack bekam seinen Teller soeben gefüllt. Anne betrachtete das Bild, das sich ihr bot und ihr völlig unwirklich erschien. Hier herrschte soetwas wie Harmonie, friedliche Menschen frühstückten am Lagerfeuer, die Sonne schien – als wäre alles völlig normal.

Plötzlich machte sich Emily auf den Weg zu ihrer Hütte und Anne setzte sich schnell auf den Stuhl, auf dem sie bereits gestern Abend kurz Platz genommen hatte. Mit einem lauten Knarzen öffnete sich die Tür und Emily kam mit einem Lächeln herein.

„Na, Kindchen, hier hast du dein Frühstück."

Anne erwiderte nichts. Allmählich fragte sie sich, wie sich ihre eigene Stimme überhaupt anhörte und ob sie noch da war? Mit einem kurzen, unzufriedenen Lächeln stellte Emily das Essen auf den Tisch an der Wand, zu dem wohl auch der Stuhl, auf dem Anne saß, gehörte, und sah sie dann musternd an.

„Morgen solltest du rauskommen und mit uns essen."

„Nein", krächzte Anne hastig voller Panik und wun-

derte sich darüber, dass sie einen Ton herausgebracht hatte.

„Ah, du kannst also doch noch sprechen. Deine Zunge haben sie dir wohl gelassen, hm?"

Anne machte große Augen. Emily war nicht allzu oft auf der Farm gewesen und ihre direkte Art schockierte sie regelrecht. Wie konnte sie so einfach darüber sprechen? Was erlaubte sie sich?

Anne fühlte sich gezwungen, mit einer Boshaftigkeit zu kontern: „Sie sitzen dort draußen als wäre nichts. Als wäre es ein völlig normaler Tag. Wie jeder andere." Sie legte so viel Abfälligkeit in ihre Stimme wie sie nur konnte und blickte wütend in Richtung Fenster.

„Heute ist ein völlig normaler Tag, wie jeder andere", sagte Emily unverblümt, sodass Anne sich einen Moment lang fragte, ob ihr überhaupt jemand erzählt hatte, was ihr widerfahren war? Und wenn nicht, konnte man es ihr nicht aus dem geschwollenen Gesicht ablesen?

„Wisst ihr..."

„Keine Angst, Kindchen, ich weiß Bescheid. Und es ändert nichts daran: Heute ist ein völlig normaler Tag, wie jeder andere auch. Und morgen wirst du mit uns frühstücken."

Mit diesen Worten fiel die Tür hinter ihr ins Schloss und Anne saß da, als hätte sie ein Gespenst gesehen.

Und sie tat es *nicht*. Lieber starb sie, als sich Emilys Willen zu beugen. Am nächsten Morgen blieb sie stur in ihrer Hütte und abermals brachte Emily ihr das Frühstück. Und auch das Mittagessen. Und jede einzelne

Holzmaserung an den Wänden kannte Anne mittlerweile auswendig. In all der Langeweile lief immer und immer wieder derselbe Film vor ihrem geistigen Auge, die immer gleichen, grauenhaften Erinnerungen spielten sich ab. Unaufhörlich. Unglücklicherweise gab es in dieser Hütte keinen einzigen Gegenstand, mit dem sie sich das Leben hätte nehmen können. Hier hatte wohl jemand vorgesorgt. Und hinausgehen zu all den Männern, das wollte sie nicht. So drehte sich der Zeiger der Zeit nur äußerst langsam. *Die Ewigkeit ist offensichtlich wahrhaft ewig.*

Am späten Nachmittag öffnete sich ihre Hüttentüre erneut. Emily blickte herein.

„Komm mit."

Anne antwortete nicht, sie hatte nicht vor, irgendwohin zu gehen.

Emily holte Luft: „Es ist keiner da und ich will dir nicht zu nahe treten, aber du solltest dich wirklich waschen."

Während sie sich auf der einen Seite dachte, dass es keinen Grund für sie gab, sich zu waschen, da sie ohnehin nicht weiterleben wollte, war sie auf der anderen Seite doch tatsächlich beschämt. Erbost blickte sie Emily entgegen, schlang ihre Arme um sich und folgte ihr widerwillig nach draußen. *Diese Schlacht hast du gewonnen, alte Frau, aber nicht den Krieg!*

Es war ein beklemmendes Gefühl sich im Freien zu befinden. Die ersten Sekunden kam es ihr völlig unwirklich vor, so, als wäre sie in eine Welt gestolpert, in die sie nicht gehörte. Rings um den Feuerplatz, das Zentrum

des Verstecks, reihten sich die verlassenen Blockhütten und vermittelten ein Gefühl von Ruhe. Doch auf Anne sprang diese nicht über. Sie warf einen schreckhaften Blick in jeden dunklen Durchgang und jedes dunkle Eck, an dem sie vorbeikamen. Sie war nur froh, dass dieser Ort ringsum von massivem Gestein eingefasst war und sie sich definitiv keine Sorgen über unentdeckte Eindringlinge machen musste. Hier kam niemand ungesehen herein. Die beiden Frauen begaben sich ein gutes Stück abseits der Hütten ans hintere Ende des Verstecks zu einem großzügigen, hölzernen Verschlag.

„Das ist unsere Dusche. Das Wasser hat Jack direkt von einem Bach aus den höheren Lagen abgepumpt. Ich warne dich, es ist eiskalt. Und dass dort Holzwände sind, hast du einzig und allein mir zu verdanken. Ich habe mich eine Ewigkeit geweigert zu duschen, bis Jack endlich diese Wände aufgestellt hat!" Emily lächelte, drückte ihr saubere Tücher in die Hand und machte sich auf den Rückweg.

Anne wandte sich der Dusche zu, hängte die Tücher griffbereit über eine hölzerne Halterung und trat durch die Tür hinein. Ein rostiger, alter Hahn prangte über ihr und ein großer, ebenso rostiger Hebel, der einen Schwall kalten Wassers versprach, war direkt vor ihr. Alles war bereit. Nur sie nicht. Lange starrte sie den Hebel an, ehe sie schnell tief ein- und ausatmete und sich mechanisch ihres zerrissenen Kleides entledigte. Sie versuchte dabei alle Emotionen zu verdrängen. Starr betätigte sie den Hebel und verzog das Gesicht, als das Eiswasser auf ihre Schultern prasselte. Zuerst fühlte es sich an wie Tausen-

de kleiner Nadelstiche, ehe es erträglich wurde. Ein Stück Seife lag für sie bereit und fahrig säuberte sie ihren geschundenen Leib, ignorierte die vielen Blessuren, die Schrammen, die Schnitte, die von der Seife brannten.

Als sie fertig war, fühlte sie sich unfähig sich zu bewegen. Unablässig prasselte das Wasser auf sie nieder. John war tot. Er war für immer gegangen. Sie würde nie wieder in seinen Armen liegen, seine Küsse spüren, seine Nähe und Wärme genießen. All das war nun vorbei.

Übriggeblieben war nur sie.

Warum? Wofür? Sie wollte dieses Leben nicht.

Nicht mehr.

Ein paar vereinzelte Tränen bahnten sich ihren Weg, doch Anne holte tief Luft, stellte das Wasser ab, griff nach den Tüchern und trocknete sich mit fahrigen, halbherzigen Bewegungen ab. Es gab keinen Grund zu trauern und sich damit auseinanderzusetzen, sie würde dieses Leben nicht mehr lange ertragen müssen.

Als sie sich abgetrocknet hatte, stellte sie erschrocken fest, dass sie ihre alten Klamotten nicht wieder anziehen konnte, doch natürlich hatte sie keine neuen. Sie lugte nach draußen. Es war niemand da. Vielleicht schaffte sie es, eingehüllt in das Tuch zum Abtrocknen, ungesehen in ihre Hütte? Es blieb ihr keine andere Wahl. Fest in das Stück Stoff gewickelt trat sie hinaus und hielt erstaunt inne, als sie etwas Weiches unter ihrem Fuß spürte. Dort lag ein Bündel, offensichtlich für sie. Anne hob es rasch auf und verschwand wieder in der Sicherheit der Holzwände. Sie faltete es auf und sah sich einem schlichten, praktischen Kleid gegenüber. *Sie sollte mir*

keine Kleider schenken. Ich brauche sie nicht, dachte sie missmutig und zog sich an.

Anschließend packte sie alles zusammen und hastete so schnell sie konnte zurück zu ihrer Hütte. Nur niemandem begegnen! Drin wartete Emily bereits auf sie. Anne setzte sich ohne ein Wort auf ihr Bett und fühlte sich nicht wohl in Anwesenheit der älteren Frau.

„Keine Angst, das Kleid ist nur geliehen", sagte diese, die nebenbei Wäsche zusammenlegte, und nickte dann in Richtung der Tücher, „und deine Wäsche kannst du selber waschen, vermute ich. Scheinst mir alt genug." Emily blickte ihr so emotionslos entgegen, als hätte sie soeben nicht das gesagt, was Anne gehört hatte. Schauspielern konnte sie, das musste man ihr lassen.

Verdutzt blickte Anne sie an und beinahe wäre ihre freche Zunge ihr zuvorgekommen, doch sie verkniff es sich. Kein Grund zu streiten. Sie würde niemandem lange zur Last fallen, wenn sie nur einen Weg fand…

Wochen vergingen und der Winter hielt Einzug ins Land. Für Anne stand die Zeit still. Lange brachte Emily ihr dreimal täglich das Essen in ihre Hütte, doch eines Tages hörte sie damit auf.

„Das Verwöhnprogramm ist hiermit beendet. Du holst dir ab morgen dein Essen selbst", waren ihre Worte gewesen und seither hatte sie sie nicht mehr gesehen. Und das war nun eineinhalb Tage her. Solange hatte Anne es ausgehalten, nichts zu essen. Doch der zweite Tag neigte sich auf Mittag zu und sie sah keinen anderen Weg als ihrem drängenden Magen nachzugeben.

„Gottverdammt", knurrte sie und stand auf.

Mürrisch ging sie zur Tür, riss sie auf und trat hinaus. In dem Moment, da sie die Schwelle übertrat, war ihre Wut verraucht und sie fühlte sich so klein wie eine Maus, die soeben aus ihrem Loch gehüpft war und sich im Schatten einer übermächtigen Katze wiederfand. Sie spielte mit dem Gedanken, einfach wieder zurückzugehen, doch sie wusste, dass sie es dort allein mit ihrem Hunger nicht mehr lange aushalten würde. Verängstigt blickte sie zur Feuerstelle, wo alle beisammen saßen und zu Mittag aßen.

Es kostete sie mehr Willenskraft als sie glaubte zu besitzen, sich immer und immer wieder zu sagen, dass diese Männer dort unten nicht Bills Männer waren und sie hier in Sicherheit war. Wie ein Mantra wiederholte sie es während sie langsam und zögerlich hinabschritt.

Unten angekommen erwiderte sie keinen der Blicke und hielt den ihren zumeist auf den Boden gerichtet. Sie fragte sich, was sie wohl für ein Bild abgab? Sie wusste nicht, wie schlimm sie wirklich aussah, sie hatte nur eine blasse Ahnung davon. Sie nahm sich eine Schüssel und hielt sie Emily hin, die gerade fertig gewesen war, das Essen zu verteilen. Anne sah sie nicht an, sie wollte nicht sehen, wie sie wieder die Stirn runzelte oder die Augen zusammenkniff.

Doch Emily konnte es offensichtlich nicht bei stiller Ignoranz belassen und sagte schroff: „Gerade noch rechtzeitig. Wir essen alle gemeinsam."

Statt, dass die alte Schreckschraube froh ist, dass ich überhaupt hier bin und etwas esse, lässt sie einen solchen

Spruch los?, dachte Anne wütend, erwiderte jedoch nichts. Emily füllte ihre Schüssel mit einer großen Portion Bohneneintopf und Annes Magen zog sich in freudiger Erwartung zusammen. So schnell sie konnte, ohne zu rennen, hastete sie zurück zu ihrer Hütte und kümmerte sich nicht darum, dass es wohl auch zu Emilys tollen Regeln gehörte, dass sie dort unten bei den anderen bleiben müsste.

Tage vergingen, ehe Anne es wagte in den Spiegel zu blicken. Der Kampf ihrer inneren Dämonen zeigte sich nur allzu deutlich in ihrer zitternden Hand, mit der sie den Spiegel hielt, und ihrem Hadern hineinzublicken. *Es ist doch nur eine Kleinigkeit*, versuchte sie sich einzureden. Ständig blickten Leute in den Spiegel, jeden Tag. Doch sie musste die Augen schließen und langsam atmen, um ihren Herzschlag zu beruhigen, ehe sie es schließlich wagte.

Was sie sah, ließ sie zusammenfahren. Erschrocken stieß sie die Luft aus und blickte ihrem Antlitz entgegen, als sähe sie eine völlig Unbekannte. Um Himmels Willen, wie musste sie nur nach ihrer Rettung ausgesehen haben, wenn sie nach all den Wochen noch immer Schwellungen und nicht verheilte Schrammen hatte? Ihr rechtes Auge war blutrot angelaufen. Ihre linke Wange war dick, ebenso wie ihr linker Kieferknochen. Sie wandte ihren Kopf nach rechts und verzog schmerzvoll das Gesicht, als sie eine lange Schramme an ihrer linken Wange sah, die wohl dafür verantwortlich war, dass die Schwellung noch immer nicht abgeebbt war. Von ihrem

rechten Auge abwärts verlief eine rotleuchtende Narbe bis auf Mundhöhe, die nicht so aussah als würde sie wieder verschwinden. Auch ihren linken Kieferknochen zierte eine große Schramme und was sich sonst noch so an Blessuren in ihrem Gesicht fand, war nahezu unscheinbar dagegen.

Doch was ihr regelrecht den Atem raubte, waren die blauen Flecken und Striemen an ihrem Hals. Das Bild, als John am Morgen nach ihrer Hochzeit ihre Halsbeuge geküsst hatte, flammte vor ihrem geistigen Auge auf. Entgeistert berührte sie die Stelle. Dieser Kuss fühlte sich noch so nah, so real an, als wäre er erst gestern gewesen. Doch was sich ihr im Spiegel bot, war so unendlich weit weg von diesem wunderschönen Moment. Sie mochte sich nur widerwillig ausmalen, wie ihr restlicher Körper aussah, den sie beim Waschen stets so gut sie konnte ignoriert hatte.

Ich sehe aus wie ein Monster.

Der seelische Schmerz drohte sie zu übermannen. Der Kontrast zwischen ihrem friedlichen Leben mit John auf der Farm zu ihrem jetzigen Anblick riss ihr Herz in Fetzen. Eine Flut von Tränen brach aus ihr hervor und jede erdenkliche Gefühlsnuance von Wut, Schmerz und Trauer wirbelte in einem alles zerstörenden Sturm in ihr durcheinander.

Mit einem kratzenden, gläsernen Geräusch zerbarst der Spiegel auf dem Holzboden. Sie wollte sich nicht mehr sehen. Sie wollte sich nie wieder sehen! Ihr Anblick zeigte ihr all das, was sie nicht wahrhaben wollte. Sie fühlte sich wie dieser Spiegel, zerbrochen in Scher-

ben. Sie weinte und schrie und kümmerte sich nicht darum, ob sie jemand hören könnte. Fast die ganze Nacht wand sie sich in Heulkrämpfen auf ihrem Bett, ihre Arme eng um ihren Körper geschlungen, aus Angst, dass sie sonst auch noch die Teile von sich selbst verlor, die ihr geblieben waren.

Am Morgen fielen wieder diese sie verhöhnenden, golden glitzernden Sonnenstrahlen durch das Fenster herein und zeigten ihr unmissverständlich, dass sie die ganze Nacht kein Auge zugetan hatte. Doch sie fühlte sich so oder so erschöpft und ausgelaugt. Schlaf hätte nichts an der Leere in ihrem Inneren geändert.

Mit einem schwerfälligen Atemzug rollte sie sich von der Bettseite mit der Holzwand, gegen die sie die halbe Nacht ihren Kopf gepresst hatte, weg, zur offenen Seite hin. Ihr Blick fiel auf den zerbrochenen Spiegel am Boden und sofort beschlich sie die Angst vor ihrem eigenen Anblick und dem, was er beim letzten Mal ausgelöst hatte. Doch sie sah lediglich den Blick aus ihrem unversehrten, grünen Auge, der ihr aus einer der Scherben, die noch groß genug waren, etwas Erkennbares wiederzugeben, entgegenblickte.

Das Einzige an mir, das nicht entstellt ist, dachte sie niedergeschlagen. Ihr wurde klar, dass diese Scherben imstande waren, ihren langersehnten Wunsch zu erfüllen: den Tod. Entgeistert starrte sie sie an, haderte mit sich. Doch sehr, sehr langsam machte sich ein anderes Gefühl in ihr breit. Sie wagte es nicht, es als Kampfesmut zu betiteln, denn sie hatte keine Kraft um zu kämpfen. Doch ihr Todeswunsch war auf Eis gelegt. Einge-

froren. Die letzte Nacht hatte etwas verändert.

Noch ist es nicht vorbei mit mir, dachte sie trotzig und hob ihr Kinn. Sie betrachtete ihr unversehrtes, grünes Auge mit neu erwachter Willenskraft und wiederholte ihren Gedanken abermals, doch diesmal hatten dieselben Worte eine völlig andere Bedeutung:

Das Einzige an mir, das nicht entstellt ist.

In den nächsten Tagen kämpfte sie sich so gut sie konnte zurück ins Leben. Sie nahm am Frühstück, Mittag- und Abendessen teil. Von den Männern hielt sie sich fern, sie konnte sich einfach nicht überwinden. Zwar redete sie sich ein, dass niemand von ihnen ihr etwas Böses tun würde, doch sie konnte es einfach nicht glauben, egal, wie sehr sie sich bemühte.

Um Abigail ihre Dankbarkeit für die mehr als waghalsige Rettung mitzuteilen, unterstützte sie sie, so gut sie konnte, denn die junge Frau war schwanger und so fielen ihr die Dinge täglich schwerer. Und sie hörte auf gegen Emily anzukämpfen, erledigte alle Aufgaben, die sie ihr auftrug, ohne Widerrede und versuchte auch hier, sich erkenntlich zu zeigen. Besser spät als nie, so dachte sie sich.

Dann kam der Tag an dem Abigails Kind zur Welt kam. Das ganze Bandenversteck schien den Atem anzuhalten. Jack war am Rande des Wahnsinns und Emily kehrte in letzter Sekunde zurück, um Abby zu helfen. Es vergingen Stunden und ebenso wie die Männer stürzte Anne sich in Arbeit, um ihre Aufregung loszuwerden.

Sie lief gedankenlos mit einem leeren Korb durch das Versteck, nachdem sie Holz für ihren Ofen geholt und diesen beheizt hatte. Der Schnee war schon völlig niedergetrampelt von den vielen aufgescheuchten Männern - und Anne - die den Nachmittag und Abend panisch auf und ab gerannt waren. Gerade, als Anne zu ihrer Hütte abbog, hielt eine Stimme sie auf.

„Anne!"

Sie wandte sich um und sah eine erschöpfte und zufriedene Emily aus Abigails Hütte kommen.

„Geht es Abigail gut? Und dem Kind?", bestürmte Anne sie sofort, während sie auf sie zurannte.

„Ein munteres kleines Kerlchen und eine zutiefst erschöpfte, aber glückliche Mutter", grinste Emily und deutete auf das Lagerfeuer, „los, setz dich zu mir."

Unbehagen beschlich Anne. Menschliche Nähe versetzte sie in Panik. Doch sie riss sich zusammen und nahm neben Emily am Lagerfeuer auf einem der Holzstämme Platz. Es folgte ein Gewusel an nervösen Männern, die alle nach und nach Emily entdeckten und aussahen als würde ihnen je eine Tonne Steine von ihren Schultern fallen, sobald sie hörten, dass es Abby und dem Kind gut ging. Es war rührend!

Dann irgendwann kehrte Ruhe ein und Anne stellte fest, dass Emily sehr müde aussah. Sie würde sicher bald zu Bett gehen, zumindest sollte sie das.

„Ich möchte deine Hütte nicht länger belegen, Emily."

„Das hört sich gut an, ich habe es satt, mir Francis' Geschnarche anzuhören."

Anne riss erschrocken die Augen auf, als ihr die Konsequenzen ihrer Aussage bewusst wurden. Es gab keine freie Hütte, sie würde also bei einem der Männer einziehen müssen, wenn Emily ihre Hütte zurücknahm. Das hatte sie in ihrer „Großzügigkeit" nicht bedacht!

„Schau nicht so als hättest du einen Geist gesehen. Meine Hütte ist groß genug für uns beide. Nur mein Bett nicht", lächelte Emily.

„Ich schlafe auf dem Boden, das ist kein Problem. Ich habe mein halbes Leben auf dem Boden geschlafen."

„Francis wird sich dreimal bekreuzigen, wenn er sein Bett wieder hat!"

Emily fragte nicht weiter nach – Emily fragte nie nach. Sie hatte Anne auch kein einziges Mal zu ihren Erlebnissen befragt, ganz zu schweigen vom Leben vor ihrer Heirat. Emily hatte Anne von ihren seelischen Wunden geheilt, ohne je mit ihr über die selbigen gesprochen zu haben.

In der folgenden Stille verspürte Anne den Drang, Emily ihre Gefühle auszudrücken. Es war so viel passiert und auch wenn sie durch ihre Mithilfe sicherlich deutlich zeigte, dass sie dankbar war, so war da doch noch Unausgesprochenes zwischen ihnen. Es kostete sie unglaubliche Überwindung, die Worte hervorzuzwingen und das längst nötige Gespräch damit ins Rollen zu bringen.

„Woher wusstest du, dass deine harte Tour bei mir funktionieren würde?"

Emily lächelte frech und sah für einen Moment aus wie ein junges Mädchen. Sie wusste sofort, worum es

ging. „Hätte ich dich bemitleidet, wärst du versunken. Indem ich dich ab und an pikiert habe, hab ich dich aus der Reserve gelockt. Ich hab dir nicht den Hauch einer Chance gegeben, dich in deinem Schneckenhaus zu verkriechen."

„Nein, das hast du wahrlich nicht", bestätigte Anne und konnte ein Glucksen nicht vermeiden bei der Erinnerung. Im Nachhinein sah sie ganz klar, wie Emily sie Stück für Stück auf ihrem Weg voran geschubst hatte.

„Es hätte aber auch schiefgehen können", überlegte sie.

Doch Emily schüttelte überzeugt den Kopf: „Der Hunger hat sie noch alle wieder zur Besinnung gebracht."

Anne lächelte im Schein der Flammen und konnte sich nur wundern über das Geschick und die Intelligenz dieser Frau.

Sie nahm all ihren Mut zusammen: „Du hast mir das Leben gerettet, Emily. Mindestens genauso sehr wie Abigail es tat."

Anne glaubte ein Lächeln über Emilys Lippen huschen zu sehen, war sich allerdings nicht sicher.

„Na los, lass uns zu Bett gehen und dem armen Francis die frohe Botschaft verkünden", sagte die alte Frau.

Erwacht

„Ich verurteile Sie und alle Banden-Mitglieder, die sich in diesem Versteck befinden, zum Tod am Galgen in drei Tagen."

Das war der Satz, der ihrer aller Leben verändern sollte – wie sehr, das ahnte noch keiner von ihnen. Eines kalten Wintermorgens war der Sheriff mit gut fünfundzwanzig Mann im Versteck aufgetaucht und hatte sie eiskalt erwischt. Jemand hatte ihren Aufenthaltsort verraten und Jack somit zu einem Pakt mit dem Teufel gezwungen. Der Gesetzesmann versprach ihnen, sie von all ihren Verbrechen freizusprechen und sie ziehen zu lassen. Damit war das Leben als Verbrecherbande vorerst beendet.

Im Gegenzug forderte der Sheriff, dass sie ihn auf einer Mission unterstützten, die wohl ihre bisher schwierigste Unternehmung sein würde. Sie sollten einer Verbrecherbande den Garaus machen. Einer ganz bestimmten Verbrecherbande. Angeführt von jemandem, dessen Name Annes Blut gefrieren ließ.

Bill.

Diese Ausgeburt der Hölle hatte so viele Gleichgesinnte um sich geschart, wie er hatte finden können. Höllenhunde. Schwerverbrecher. Der Mord an John war nur der Anfang einer langen, blutigen Spur gewesen. Und Anne wusste, dass auch sie nur der Anfang von weitaus mehr gewesen war.

Es machte sie krank, zu wissen, dass es mehr Frauen

mit ihrem Schicksal gab. Und sie wünschte sich nichts mehr, als dieses Monster zu stoppen. Doch noch viel größer als ihr Hass und ihre Wut auf diesen Mann war ihre Angst. Schon allein die Nennung seines Namens löste in ihr unaussprechliche Gefühle aus.

„Soll ich ihn wickeln?", fragte Anne nervös.

Sie saß mit Abigail und Emily stumm am Feuer im Herzen des Verstecks und keiner hatte bis jetzt ein Wort herausgebracht. Die Männer waren fort, ausgerückt, um Bill gemeinsam mit dem Sheriff den Prozess zu machen.

Abby seufzte: „Ich kann mich auf nichts konzentrieren… gerne, wenn du möchtest."

Zur Antwort lächelte Anne und nahm das Kind entgegen. Sie war froh eine Beschäftigung zu haben. Die Anspannung war beinah mit Händen zu greifen und je länger Anne keine Ablenkung hatte, desto mehr kreisten ihre Gedanken um ihre Vergangenheit - und seit sie sich dieses klitzekleine Stück weit zurück ins Leben gekämpft hatte, vermied sie dies so gut sie konnte.

Die bisher beste Ablenkung, die sie im Versteck gefunden hatte, war neben der Arbeit Abbys kleiner Wonneproppen. Der kleine Junge hatte etwas so Reines, Kindliches an sich, dass sie ihm wohl oder übel ein Stück weit ihrer Genesungsfortschritte zuschreiben musste. Er war auch mit Abstand der Mensch, mit dem sie hier drin am meisten redete. Er verstand sie. Er fragte nichts. Und was er forderte, war leicht zu geben.

Anne wickelte ihn routiniert in Emilys und ihrer Hütte und erntete das erste Lächeln, das sie an diesem Tag von dem Kleinen zu sehen bekam. Offensichtlich waren

die Erwachsenen heute nicht die einzigen, die unter der Ungewissheit litten.

Sobald das Baby wieder in frische Tücher gewickelt war, nahm sie es auf den Arm und hastete zurück in Richtung Feuerstelle zu Emily und Abby.

„Das warst also du, du mieses Biest!"

Ruckartig blieb Anne stehen. Sie kannte diese Stimme. Ihr schlug das Herz bis zum Hals. Sie sollte rennen. So schnell sie ihre Beine trugen. Doch sie war wie festgewurzelt.

Bill.

„Männer, bringt sie her und schmeißt sie aufs Pferd."

Sie zwang sich zu einer Reaktion. Schnell hastete sie einige Schritte zurück hinter Jacks Hütte. Dort blieb sie stehen, mit rasendem Herzen. Plötzlich wurde ihr bewusst, dass sie ihnen längst hätte auffallen können. Als wäre es ein heiliges Sakrileg legte sie ganz, ganz langsam ihre Hand auf den Mund des Kindes. Gott, sie hasste es, das zu tun. Doch ein winziger Laut und er würde sie beide in den Tod schicken. Oder noch schlimmer: In die ewige Hölle.

Anne horchte so gut sie konnte, ohne das Kind aus den Augen zu lassen.

„Was machen wir mit der Alten, Boss?"

Es war glasklar und unverkennbar Bills Stimme, die gefühlskalt antwortete: „Macht mit ihr, was ihr wollt. Aber sie rührt ihr nicht an." Offensichtlich meinte er damit Abby. Was hatte er mit ihr vor?

Anne lugte mit klopfendem Herzen nach vorne. Zwei der Männer packten Abby bei den Armen, die anderen

näherten sich Emily.

„Nein!", begann Abby zu kreischen, „hört auf!"

„Stopp!", unterbrach Bill den Wahnsinn, „womit sollen wir aufhören, Abigail?"

„Hört auf sie zu belästigen. Lasst sie in Ruhe!", rief diese panisch.

„Okay", sagte er schulterzuckend, zog seine Pistole und schoss. Anne zog sich ruckartig zurück hinter die Holzwand und presste sich mit dem Rücken dagegen. Ihr Atem raste als hätte sie einige Meilen Lauf hinter sich. Gelächter ertönte. Anne wurde übel.

„Brennt alles nieder", zischte Bill abfällig, „dann hauen wir hier ab."

Angst lähmte Anne. Sie hatte keine Chance. Sie war verloren. Ihr Blick fiel auf das Baby in ihren Armen, das das Mund-Zuhalte-Spiel allmählich nicht mehr so spaßig fand. Sie konnte es nicht diesen Männern überlassen. Das durfte sie einfach nicht!

Panisch flog ihr Blick umher. Sie war in einer Sackgasse. Das Versteck war eingerahmt von massivem Gestein und es gab nur einen Weg hinaus und hinein. Es gab keinerlei Möglichkeit, diesen Ort zu verlassen, sie würde jetzt jede Menge Glück brauchen, denn woran sie sich klammerte, war ein lächerlich dünner Faden.

Sobald sie sich vergewissert hatte, dass keiner sie sehen würde, sprintete sie zur Dusche und verschwand hinter den Holzwänden. *Emilys Holzwände*, dachte sie einen Moment und die Aussichtslosigkeit schien sie wieder zu übermannen. Emily, die dort vorne erschossen lag. Erschossen von diesem Monstrum. Tot, genauso wie John.

In diesem Moment hätte sie womöglich zu einer Waffe gegriffen, hätte sie eine gehabt, solch eine Wut brandete in ihr auf. Doch sie wusste, dass es jetzt klüger war, sich ganz still zu halten. Hastig kletterte sie auf den kleinen Vorsprung, den die untere Holzleiste bot, und brachte ihre Füße außer Sichtweite von außen.

Sie hörte bereits das erste Knacken von springendem Holz, das unter der Gewalt des Feuers nachgab. Sie brannten die Hütten nieder. Und wenn das Schicksal einen Grund gehabt hatte, sie ihr Martyrium überleben zu lassen, dann musste es jetzt gottverdammt dafür sorgen, dass niemand diese lächerliche Dusche abbrannte.

Je lauter die Flammen wurden, desto mehr gab sie den Mund des Kindes frei, das sie vorwurfsvoll anblickte.

„Sei noch ein bisschen still", hauchte sie und lenkte es so gut sie konnte ab.

Es kam ihr vor, als stünde sie dort eine Ewigkeit eingespreizt zwischen den Wänden. Und allmählich hörte sie nicht nur das Knacken von Holz, sondern auch das Wallen von Rauchschwaden. Das Feuer wurde gewaltiger. *Sie sind sicher schon weg*, redete sie sich ein, *na los, du musst hier raus.*

Vorsichtig stieg sie von den Wänden und lugte nach draußen. Es war niemand zu sehen. Die riesigen Flammen spiegelten sich in ihren Augen wieder, doch sie gab sich keine Zeit, den Verlust für Jack und seine Männer zu betrauern. Sie musste das Kind hier sicher rausbringen, irgendwie. Und zwar sofort.

Sie lief los. Jede Hütte brannte, einige bereits lichterloh. Sie kam an Abbys Hütte vorbei, riss ihre Hand

hoch und beugte sich schützend über das Kind, als plötzlich eine Scheibe direkt neben ihnen platzte und eine Stichflamme herauszüngelte. Beim Versuch, wieder auf die Beine zu kommen, stolperte sie über ihre Röcke. Mit einem Stöhnen fing sie sich mit ihrer freien Hand ab. Sie holte tief Luft und richtete den Blick nach vorne.

Weiter.

Neben Emily blieb sie kurz stehen. Sie blickte zitternd auf sie hinab und schloss sogleich die Augen. Sie ertrug ihren Anblick nicht. Der Schmerz drohte sie zu lähmen. Verbissen kämpfte sie die Tränen zurück und setzte mühevoll einen Fuß vor den anderen, ehe ihre Beine sie langsam schneller voran trugen.

Nahe dem Ausgang waren die Tiere untergebracht. Anne riss alle Tore und Gatter auf und scheuchte sie hinaus. Die wenigen Pferde, die zu Hause geblieben waren, donnerten an ihr vorbei und Anne hatte Mühe damit, ein kleineres, braunes Pferd am Strick zurückzuhalten. Sie warf ihm, so gut es ihr mit nur einer Hand möglich war, eine Decke und einen Sattel auf den Rücken und hängte die Zäumung über das Horn, ehe sie ihn aus dem Paddock zerrte und mit dem verängstigten Tier das Versteck hinter sich ließ.

Sie verbarg sich in einer Felsspalte außerhalb des Verstecks neben dem Weg, der hinein und hinaus führte. Obwohl sie das Schlimmste wahrscheinlich überstanden hatte, war sie noch immer starr vor Angst. Wie in Trance wiegte sie das Kind und lief im Kreis. Das Pferd hatte sie an einer knorrigen Wurzel, die aus dem Felsen her-

vorstand, angebunden, wo es unruhig hin und her trat

Emily war tot. Abigail entführt. Die Männer noch immer nicht zurück. Ob sie in eine Falle geraten waren? Wenn sie nicht zurückkamen, war sie verloren.

„Sch-sch", sagte sie, obwohl das Kind überhaupt nicht quengelte, weshalb die Beruhigung wohl vielmehr ihr selbst galt.

Als sie plötzlich lauter werdendes Hufgetrappel vernahm, hielt sie inne. Wer war es? Kam Bill zurück? Oder Jack? Schnell hastete sie zum Weg und drückte sich eng an den Felsen, um nicht gesehen zu werden. Doch die Reiter waren längst im Versteck und sie bekam keinen von ihnen zu Gesicht. Sie würde wieder warten müssen.

Wieder wiegte sie das Kind, diesmal schneller, unruhiger, sodass es sich mit einem ungeduldigen Schrei beschwerte. Sie ging zurück in ihr sicheres Versteck und beruhigte das Baby wieder. Es durfte sie auf keinen Fall verraten. Sie waren so weit gekommen!

Abermals hörte sie Hufgetrappel. Sie sah nach und erblickte Francis. Schnell sprang sie auf den Weg hinaus, ehe die Männer an ihr vorbeirauschen konnten.

„Jack!", schrie sie, so laut sie konnte.

Der Banditenboss brachte seinen Rappen überrascht zum Stehen und seine Männer taten es ihm gleich.

„Anne! Was tust… was ist passiert?", rief er entgeistert.

Anne lief auf ihn zu.

„Oh Gott, Jack, ich dachte, er bringt sie auch noch um!", schluchzte sie und fiel ihm in die Arme.

In diesem Moment war ihr egal, dass das wohl der engste Kontakt seit Ewigkeiten war, den sie zu einem Menschen gehabt hatte, und ihn dies dementsprechend überraschen würde. Doch sie konnte nicht anders. Tränen brachen aus ihr hervor, als sie ihm in die Arme fiel. Er lebte. Er war ihrer aller Chance. Er konnte sie retten.

„Anne, was ist passiert?", er drückte sie sanft an den Schultern von sich und sah sie an. Ein Ausdruck der Erleichterung huschte über sein Gesicht, als sein Blick auf den kleinen Jungen fiel.

„Bill", stieß sie den Namen aus, als wäre er etwas Giftiges, „er kam mit einer guten Handvoll seiner Männer. Sie haben Abigail mitgenommen. Ich war gegangen um das Kind zu wickeln und habe mich versteckt, sie haben mich nicht gesehen. Und er hat Emily umgebracht! Oh Gott, Jack, er hat sie umgebracht! Sie ist tot!" Wieder erschütterte sie ein Schluchzen, doch sie riss sich mühsam zusammen: „Sie haben alles angezündet und sind abgeritten. Mit Abigail. Sobald ich mir sicher war, dass sie weg waren, bin ich hinausgerannt und hab mich hier versteckt, bis ihr gekommen seid. Jack, wenn er mit Abigail macht, was er mit..." Unaussprechliche Angst trat in ihre Augen. Sie sah aus, als wäre sie kurz vor einer Ohnmacht – und sie fühlte sich auch so.

„Schon gut, Anne. Beruhige dich. Wir holen sie."

Das ließ ihre Angst nur noch steigen: „Nein, Jack, das dürft ihr nicht machen. Sie sind viel mehr als ihr. Sie werden euch alle töten."

„Das werden wir ja sehen."

Aufgewühlt und erschöpft schwang sich Anne in den Sattel. Ihre Hände zitterten, doch sie musste ihre Abneigung gegen das Reiten beiseiteschieben. Sie wusste nicht, ob sie das Richtige tat. Vielleicht hätte sie lieber mit den Männern reiten sollen, doch wer hätte sich dann um das Kind gekümmert? Ein schlechtes Gewissen plagte sie und sie wusste genau, warum, denn sie war in Wirklichkeit froh, sich raushalten zu können. Der Gedanke, Bill und seinen Schändern gegenüberzutreten, lähmte sie regelrecht vor Angst.

Sie dirigierte ihr Pferd unbeholfen den schmalen Gang, der aus dem Versteck hinausführte, entlang. Sobald sie die offene Prärie erreichte, fühlte sie sich wie ein nichtsahnender Hase, über dem bereits ein Adler seine riesigen Schwingen ausgebreitet hatte. Ob ihr deshalb bereits leicht flau im Magen wurde, oder, weil sie schneller ritt als sie müsste, wusste sie nicht. Es gab für sie gewissermaßen keine Eile, doch sie fühlte sich unwohl im offenen Terrain und wollte so schnell wie möglich an ihr Ziel kommen.

Dieses lag einige Stunden vom Versteck entfernt - in Johnstown würde sie unterkommen, bis Jack und die Männer zurückkehrten. Und falls nicht, sollte sie weiterziehen, hatte Jack gesagt.

Irgendwohin, wo sie sicher sei.

Doch daran wollte sie nicht denken.

Sie blickte auf den kleinen Jungen in ihrem Armen hinab und holte tief Luft. Ob es ihr gefiel oder nicht, Jack hatte Recht. Sie hatte die Verantwortung für den Kleinen, sie musste unbedingt für seine Sicherheit sor-

gen, egal was geschah.

Als sie sich nach einigen Stunden karger Landschaft, die von Steinen und vertrockneten Büschen, die aus der Schneedecke hervorstachen, gezeichnet war, endlich der Stadt näherte, wurde ihr plötzlich bewusst, dass so mancher dort sie wahrscheinlich tot glaubte. Sie hielt ihr Pferd unschlüssig an. Von dem Überfall auf ihre Farm hatte man sicherlich schon gehört und... Man hatte sicherlich auch John bereits gefunden. Und beerdigt. Irgendwo.

Sie war nicht dabei gewesen.

Es suchte bestimmt niemand nach ihr, sie war eben verschwunden. Mit Bill legte sich niemand an außer dem Sheriff und der Cunningham-Bande, da war sie sich sicher. Davon abgesehen waren es höchstens ehemalige Kunden von der Farm, die sie vermissen könnten. Als Waise hatte sie keine Ahnung, wo ihre Familie war oder ob sie eine hatte, und Freundschaften hatte sie auf der abgelegenen Farm keine vertiefen können.

Sie stand genauso alleine da wie eh und je. Mit John war ihr langer Kampf ums Überleben beendet gewesen und sie hatte endlich jemanden an ihrer Seite gehabt, so richtig, zum ersten Mal in ihrem Leben. Und es hatte ihr genügt. Sie hatte sich, wie sie nun etwas beschämt feststellen musste, nicht großartig um andere Freundschaften bemüht. Die Farm hatte stets so viel Arbeit bereitgehalten, wo hätte sie die Zeit hernehmen sollen, in die Stadt zu fahren und Kaffee zu trinken?

Jetzt fühlte es sich an, als wäre sie wieder auf dem Ausgangspunkt ihres Lebens angekommen.

Allein.

Das Baby quietschte und kniff die Augen zusammen, als ihm ein Stück des Stoffes, in das es eingewickelt war, durch die Bewegungen des unruhigen Pferdes ins Gesicht fiel.

„Ja, ja", lächelte Anne bekümmert, „ich bin nicht allein, ich hab ja dich."

Sie strich über seine Pausbacken und seufzte. Ausgangspunkt – im Gegensatz zu ihrem ursprünglichen Ausgangspunkt stand sie jetzt viel schlechter da. Ihr Mann, tot; sie, am Rande des Abgrunds und dann noch ein schutzbefohlenes Kind.

„Wir sind schon ein tolles Team", seufzte Anne und schüttelte den Kopf. *Was hat das Leben bloß mit mir vor?*

Sie blickte nach vorne. Einige Reiter, Kutschen und Menschen säumten die Straßen in Johnstown. Sie holte tief Luft, packte das kleine Bündel in ihren Armen fester und schnalzte, sodass das Pferd sich wieder in Bewegung setzte. Sie musste da durch, sie hatte keine andere Wahl. Sie konnte lediglich beten, dass sie niemandem in der Stadt begegnete, der sie kannte. Das würde sonst noch einen riesigen Aufschrei geben und die Portman-Bande würde am Ende von ihrem Aufenthaltsort erfahren.

Sie hielt den Kopf gesenkt, als sie die Straße entlangritt, was sicher nicht viel half um nicht erkannt zu werden. Doch es wandte sich kaum jemand nach ihr um, jeder war geschäftig auf seinem Weg von A nach B. Der Schnee der Straße war von den vielen Hufen, Rädern und Stiefeln aufgewühlt und bot einen wenig einladenden, braungefleckten Anblick. Die Dächer der Häuser

waren ebenfalls mit dem flockigen Weiß bedeckt und dicke Felljacken und Pferde in dichtem Winterfell säumten das Bild.

Am Saloon angekommen, stieg sie ab. Ihre Stiefel bestätigten mit einem klatschenden Geräusch, dass der Boden nicht nur aussah wie ein Schlammloch, sondern auch eines war. Nervös blickte Anne über den Pferderücken hinweg. Niemand beobachtete sie. Sie knotete den Führstrick vom Hals des Tieres und band es an einen massiven Balken, ehe sie die Treppe zum Saloon hinaufging.

„Anne?", fragte eine weibliche Stimme ungläubig, „bist du es wirklich?"

Anne erstarrte. *Nein*, hätte sie am liebsten geschrien, *nein, ich bin es nicht!* Doch sie würde es wohl kaum leugnen können. Langsam hob sie den Blick und sah in das gutmütige Gesicht von Tressa. Wie sie befürchtet hatte - eine ehemalige Kundin, niemand sonst würde sie hier erkennen. Tressa war eine liebenswürdige und sehr, sehr hart arbeitende Frau. Das Geld, das sie auf der Ranch erwirtschaftete, versoff ihr Mann in der Stadt.

„Tressa", begrüßte Anne sie und brachte nur mühsam ein freundliches Lächeln zustande.

„Du lebst, das ist ja unglaublich! Was ist passiert?"

Oh nein, was sollte sie sagen? Dass sie bei der bekanntesten Verbrecherbande der Gegend untergekommen war, wäre sicher keine sonderlich kluge Antwort.

„Ich wurde verschleppt. Bin bei einem abgelegenen Farmer untergekommen, bis… ich wieder auf den Beinen war."

„Und... Was ist das für ein Kind? Doch nicht etwa...?", Tressas Augen weiteten sich ungläubig, als sie zwischen die dicken Decken zu spähen versuchte.

„Nein, nein", winkte Anne ab, „das ist das Kind des Farmers. Seine Frau ist gestorben."

„Oh, du willst also dorthin zurückkehren?"

„Ja", erwiderte sie schnell, „ich bin nur hier um ein paar Erledigungen zu machen."

„Oh, Liebes", sagte Tressa und strich über Annes Arm, was diese augenblicklich in Anspannung versetzte, „geht es dir wirklich gut? John..."

„Es geht mir gut", stieß Anne schnell aus, um Tressa zu unterbrechen. Das Letzte, was sie jetzt brauchte, waren Mitleidsbekundungen. Sie wollte nichts von diesem Thema hören. „Alles okay", beteuerte sie und zwang sich zu einem breiteren Lächeln.

Das schien Tressa zu überzeugen und sie erwiderte ihr Lächeln: „Es freut mich, dass es dir gut geht. Sehr schön! Die anderen werden erleichtert sein, dass du noch am Leben bist. Wir dachten alle... Nun ja, ich muss weiter. Wenn du Brad dort drinnen siehst, richte ihm aus, dass ich Zuhause einen Scheiterhaufen mit seinem ganzen guten Stoff errichtet habe und ihn verdammt nochmal anzünden werde, wenn er heute Abend nicht auf der Ranch erscheint!"

Mit diesen Worten fegte die ältere Frau über die Straße davon und Anne seufzte. So einen Mann hatte Tressa wirklich nicht verdient, doch ihre Aussichten ohne ihn waren schlechter als mit ihm. Die Arbeit auf der Ranch tat sich nicht von alleine...

Selbstsicherer als sie es war betrat sie den Saloon, ignorierte aufschauende Gesichter und ging schnurstracks zum Tresen.

„Ein Zimmer bitte."

Verstohlen blickte sie sich um. Niemand schien ihr übermäßige Beachtung zu schenken, sie befand sich wohl auf sicherem Terrain. Trotzdem fühlte sie sich unwohl. Sie hatte den Saloon noch nie gemocht. Zu laut, zu ausgelassen, zu finster. Das Holz der Wände und Möbel war dunkel, die Beleuchtung meist spärlich. Kein Ort, an dem sich eine Frau mit Berührungsängsten und ständiger, potentieller Gefahr durch die Portman-Bande, gerne aufhielt.

Die üppige Frau hinter dem Tresen blickte sie über ihre Brille hinweg an, während sie ein Glas mit einem Tuch trocknete.

„Für sie und den Kleinen da?"

Anne nickte. Frauen alleine mit einem Baby bedeuteten in diesen Zeiten meist, dass sie vor ihrem Ehemann geflüchtet waren, der womöglich trank oder handgreiflich war. Anne hoffte, dass das für die Barfrau kein Grund war, sie aus Angst vor einem wütenden Mann, der das Geld zurückforderte oder eine Tür zertrümmerte, abzuweisen.

Nachdem diese das Glas weggestellt hatte, holte sie einen Zimmerschlüssel unter dem Tresen hervor. Mit einem unmissverständlichen Geräusch schlug sie ihn auf das Holz desselben und verwahrte ihn unter ihrer großen Hand.

„Zuerst die Bezahlung."

„Natürlich." Anne holte hastig den ledernen Beutel mit dem Geld hervor, den Jack ihr gegeben hatte. Sie hatte keine Ahnung, wie viel sich darin befand, und sie wollte es auch nicht herausfinden müssen. Wenn Jack sie holen kam, würde sie ihm diesen zurückgeben.

Die Frau beobachtete sie kritisch und steckte das Geld ein, ehe sie ihr den Schlüssel reichte: „Zimmer fünf. Ganz hinten."

Anne wollte sich schon auf den Weg machen, als sie noch einmal zögerte.

„Mam?", fragte sie unsicher.

Die Dame drehte sich nochmal zu ihr um: „Ja?"

„Würden Sie mir den Gefallen tun und nur einer Frau namens Abigail meine Zimmernummer verraten, sollte jemand danach fragen?"

Die Frau zog die Augenbrauen hoch und musterte ihr Gegenüber von oben bis unten. Anne sah sicherlich nicht sonderlich adrett aus, ihr Kleid und ihre Haut waren schmutzig von Ruß und Staub, ihre Haare zerzaust, und dann noch das Kind im Arm. Doch als würde plötzlich eine geheime Schwesternschaft zwischen ihnen aufkeimen, nickte die Kellnerin auf eine Art und Weise, die zeigte, dass nur eine Horde wildgewordener Rinder sie davon abhalten könnte, jemanden zu Annes Zimmer hinaufzulassen.

„Komm her, Mädchen", wies sie an und Anne trat näher, „du lässt nur hinein, wer dieses Klopfzeichen macht."

Sie klopfte einmal langsam und dreimal schnell auf den Tresen.

„Ich werde dir helfen, aber ich werde mich nicht in Gefahr bringen. Ich habe selber zwei Kinder und bin auf mich allein gestellt. Wenn jemand es an mir vorbei schafft, ist das Klopfzeichen deine Warnung. Mehr kann ich nicht für dich tun."

„Danke", sagte Anne aus tiefstem Herzen.

Die Kellnerin nickte nur unwirsch.

„Abigail", wiederholte Anne nachdrücklich, als sie die Treppen hinaufging, „nur sie."

Oben angekommen öffnete sie die Tür des letzten Zimmers. Wie zu erwarten, war es nicht sonderlich prunkvoll. Schmutzige Tapeten und Möbel, die sicherlich schon bessere Tage gesehen hatten. Doch Anne war froh um diese vier Wände, dieses kleine Versteck, welches sie vor der Außenwelt bewahrte.

Seit ihrer Ankunft waren fünf Nächte vergangen. Fünf verdammt lange, verdammt ungewisse Nächte, in denen sie kaum ein Auge zugetan hatte. Mit jedem Tag stieg die Sorge, dass Jack nicht mit Abigail zurückkehren würde.

Er müsste längst zurück sein, dachte Anne sich immer wieder, doch sie weigerte sich, Johnstown zu verlassen. Eine Woche würde sie warten, ganze sieben Tage. Wenn er dann noch immer nicht hier war, musste sie dem schlimmsten Fall ins Auge sehen.

Unruhig lief sie in ihrem Zimmer auf und ab, ehe sie sich auf das Bett setzte und wie schon so oft auf den Boden starrte und sich in Gedanken über ihre ungewisse Zukunft verlor. Zuerst würde sie wohl nach Lost

Springs weiterreisen, dann weitersehen. Es behagte ihr noch nicht so recht, alleine zu reisen – alleine mit Baby. Doch Lost Springs würde nicht weit genug sein, um Bill ein für alle Mal zu entgehen.

Tock. Tock-tock-tock.

Anne fuhr zusammen. Es hatte geklopft. *Jemand* hatte geklopft.

Es klopfte abermals, energischer. Tock. Tock-tock-tock. Es war das verabredete Zeichen.

Schnell packte Anne das Körbchen, in dem das Kind lag, und schob es unter das Bett. Sie zog das Laken darüber, richtete sich auf und glättete nervös ihren Rock. Wenn jemand das Klopfzeichen herausgefunden hatte, saß sie in der Falle. Sie konnte nur hoffen, dass die Kellnerin Wort gehalten hatte.

Anne holte tief Luft und öffnete zögerlich die Tür. Was sie erblickte, ließ ihr Herz höher schlagen.

„Abigail! Jack! Oh Gott, ich bin so froh!", rief sie und fiel Abigail um den Hals, ehe auch Jack Anne vorsichtig umarmte.

Sie war so erleichtert und es war, als löste sich der graue Nebel, der mit all den düsteren Zukunftsplänen gefüllt war, in Luft auf. Sie waren wieder da. Alles war gut. Abigail ging es gut, zumindest hoffte sie das. Sie trug neue Kleider und außer einem unübersehbaren Würgemal, war kaum etwas von ihrem Martyrium zu sehen.

„Wo ist unser Baby?", fragte Abigail verwundert, als sie in das leere Zimmer blickte.

„Ich hab ihn... *unser* Baby?", Anne sah sie staunend

an.

„Ja", lachte Abby schüchtern und blickte zu Jack, dem die Situation keineswegs unangenehm zu sein schien.

„Wie...? Okay, Moment, lasst ihn mich erstmal da rausholen", sagte Anne und kramte unter dem Bett den kleinen Korb mit dem Kind hervor und sah die beiden entschuldigend an, „ich wollte sicher gehen, dass ihr es seid, damit er im Zweifelsfall nicht in die falschen Hände geraten wäre."

Abby nahm den kleinen Kerl in den Arm und wiegte ihn. Der stolze und erleichterte Ausdruck einer glücklichen Mutter lag auf ihrem Gesicht. Schließlich übergab sie das Bündel an Jack, der es nahezu ehrfürchtig hochnahm.

„Wir haben ihn Luke getauft", teilte Abby Anne mit und lächelte.

„Puh, endlich hat er einen Namen. Es war irgendwann ein wenig merkwürdig, ihn immer „das Kind" oder „das Baby" zu nennen, wo er doch irgendwie schon ewig bei uns ist."

„Anne, weißt du, was mit den Pferden passiert ist?", fragte Abby besorgt.

Anne nickte: „Keine Sorge, Luke und ich haben sie freigelassen, sobald Bill und sein Gefolge weg waren. Sie streifen irgendwo über die Prärie."

„Gott sei Dank", seufzte Abby, die eines der Pferde besonders ins Herz geschlossen hatte, wie Anne aus ihrer Zeit im Bandenversteck wusste.

Jack sah nach einer gefühlten Ewigkeit wieder zu den beiden Frauen auf und meinte beinahe etwas peinlich

berührt: „Ich, ähm, werde mal sehen, ob noch ein Zimmer frei ist für uns. Ich schätze, ihr beiden habt euch ohnehin erstmal viel zu erzählen."

Ehe sie richtig einwilligen konnten, war er auch schon verschwunden.

„Ist dem die Vaterschaft gerade zu Kopf gestiegen oder was", lachte Anne und sah Abby ernst an, „habe ich da richtig gehört? *Ein* Zimmer?"

Abby konnte nicht anders als geheimnisvoll zu schmunzeln: „Dein Gehör ist ausgezeichnet."

„Komm, setzen wir uns aufs Bett und dann erzähl mir mehr!"

Es dauerte ewig, bis sie alle Neuigkeiten ausgetauscht hatten. Wie Abby gerettet wurde und anschließend mit Jack zu seiner Familie geritten war, um Hilfe im Kampf gegen Bill zu erbitten. Sein Vater war ihm jedoch nicht wirklich gut gesinnt und so waren sie erfolglos wieder abgezogen. Doch auch wenn sie das, was sie gesucht hatten, auf ihrer Reise nicht gefunden hatten, so waren sie doch alles andere als leer ausgegangen.

„Ich werde seine Frau", sagte Abby schüchtern und Anne staunte nicht schlecht. Sie musste wirklich kaum etwas zwischen den beiden im Versteck mitbekommen haben, denn ihr war nicht aufgefallen, dass sie mehr verband als nur die Bande und das bis dahin vaterlose Kind.

„Oh, ich freue mich so sehr für euch!" Anne umarmte Abigail abermals und war von Herzen froh darüber, dass sie wohl endlich ihr Glück fanden. Sie gönnte es ihnen so sehr!

Befreit

„Passt auf euch auf. Kommt mir ja heil zurück!" Anne sah Abigail und Jack besorgt an, die vor der Tür ihres Zimmers im Saloon standen.

Es war so weit. Sie würden in den nächsten Sekunden losziehen und Bill den Prozess machen. Endgültig. Jetzt, wo sie seinen neuen Aufenthaltsort wussten und Jack die Bande wieder vereint hatte, ließ der Sheriff keine Zeit verstreichen für den zweiten Angriff.

Abby blickte auf Luke hinab, den Anne in den Armen hielt. Es fiel ihr unendlich schwer, ihn schon wieder zu verlassen und schon wieder, ohne zu wissen, ob sie zurückkehren würde. Doch auch Anne wusste, dass sie das tun musste, sonst würde er womöglich sein Leben lang nie wirklich in Sicherheit sein.

„Keine Sorge. Pass gut auf Luke auf", seufzte Abby, als sie ihrem Sohn über die Stirn strich.

„Und du weißt, was du tun musst, wenn wir nicht wiederkommen", sagte Jack nachdrücklich.

Anne atmete schwer und senkte den Blick, ehe sie ihm unwillig antwortete: „Ja…"

„Komm, Abby, wir müssen los."

„Ja", sagte diese und nahm Anne schließlich fest in den Arm, ehe Jack es ihr gleichtat. Als sie die Galerie zur Treppe entlanggingen, legte Jack seine Hand auf Abbys Taille und Anne sah ihnen mit mulmigem Gefühl nach. Doch es plagte sie weniger das Unbehagen, dass die beiden auf dem Weg in eine Schießerei waren, als die

Tatsache, dass Anne nicht vorhatte zu tun, was die beiden von ihr erwarteten.

Sie sollte hier bleiben. Wie beim letzten Mal. Auf Luke aufpassen. Und warten, bis sie wiederkamen. Falls sie wiederkamen. Doch das hatte sie nicht vor. Sie fürchtete sich vor dem, was sein würde, wenn ihr Vorhaben auf die eine oder andere Weise schiefgehen würde – doch sie musste es riskieren. Für Abigail. Und für sich selbst.

Noch einmal ertrug sie es nicht, diejenige zu sein, die auf Nachrichten warten musste. Wenn sie darüber nachdachte, was die damals schwangere Abigail auf sich genommen und riskiert hatte, um sie aus den Fängen der Portman-Bande zu retten, fühlte sie sich in einer unglaublich tiefen Schuld ihr gegenüber. Heute war ihre Chance sich zu revanchieren. Heute konnte *sie* Abigail retten.

Tief in ihrem Inneren jedoch wusste sie, dass sie das für *sich* tun musste. Der Gedanke, Bill in die Augen zu sehen, bereitete ihr Übelkeit. Sie konnte sich nicht vorstellen, dass sie das ertragen konnte. Doch ihr Plan war weitaus besser, wenn er denn klappte. Sie wäre der Tod auf leisen Sohlen und sie würde sich ihrer Angst stellen und ihrem Peiniger auf die ein oder andere Art und Weise gegenübertreten und Rache nehmen. Solange er atmete, würde sie weder vergessen noch angstfrei leben können. Sie musste dem Ganzen ein Ende setzen und das konnte nur sie allein. Wenn sie sich ihrer größten Angst nicht stellte, würde sie nie wirklich frei sein können.

„Tut mir leid, Luke, sei ein braver Junge", sagte sie zu

dem Baby, als sie es auf das Bett legte, um sich anzuziehen. Sie band sich ihre wilden, langen, roten Haare zu einem Flechtzopf zusammen um nicht von ihnen behindert werden zu können. Luke strampelte auf der Matratze und himmelte sie sogleich wieder fasziniert an, als sie ihn auf die Arme nahm und das Zimmer verließ. Manchmal glaubte sie, dass er ebenso einen Narren an ihr gefressen hatte wie sie an ihm. Er hatte ihr in ihrer schwersten Zeit einige Momente kleiner Freude geschenkt und das würde sie ihm nie vergessen.

Anne verließ den Saloon mit dem Kind und erblickte sogleich Tressa, die bereits auf sie wartete. Sie hatte sie in alles eingeweiht. Fast alles, gewisse Details behielt sie lieber für sich und vergrub sie irgendwo tief in ihrem Inneren.

„Danke, dass du gekommen bist", sagte Anne.

Die hagere Frau blickte auf Luke hinab: „Ich pass auf ihn auf. Und solltest du nicht zurückkeh… Brad wird nicht merken, ob ein Kind mehr oder weniger im Haus ist."

„Wo ist Brad jetzt?" Anne traute ihm nicht wirklich, Säufer waren unberechenbar. Sie würde sich nicht wohlfühlen, wenn er lange Zeit in Lukes Nähe wäre.

„Na, wo schon. Und ich habe ihm gesagt, dass er heute auch nicht nach Hause zu kommen braucht", Tressa lächelte wehmütig, „genau genommen bin ich um jeden Tag und jede Nacht froh, die er nicht nach Hause kommt. Meine Jungs arbeiten dafür doppelt so hart, doch sie haben weder die Stärke noch das Wissen von Brad. Nun ja…", sie winkte ab, „ich hoffe, du weißt,

was du tust."

Das hoffe ich auch, dachte Anne, lächelte Tressas Besorgnis jedoch einfach hinweg. „Keine Sorge."

„Und er heißt Luke?"

„Ja", bestätigte Anne, „er ist eigentlich ein recht stilles Kind, er wird dir hoffentlich nicht viel Ärger machen. Ich hole ihn vor Einbruch der Dunkelheit wieder ab."

Tressa nickte und wandte sich zum Gehen.

„Tressa…", hielt Anne sie auf und blickte in die grauen Augen der Frau, *„danke."*

Tressa setzte ihren Weg ohne zu antworten fort und so entfernten sie sich beide voneinander in unterschiedlichen Richtungen, nachdem Anne ihr Pferd losgebunden hatte. *Jetzt geht's los.* Sie wischte mit dem Ärmel über den vom fallenden Schnee nassen Sattel und schwang sich hinein.

Alsbald ließ sie die Stadt hinter sich. Sie wusste nicht genau, wo Raider's Landing, das Versteck der Portman-Bande, sich befand, doch es war ein Leichtes den unzähligen Hufspuren der Cunningham-Bande und den Männern des Sheriffs im verschneiten Prärieboden zu folgen.

Nach einigen Stunden näherte sie sich einer Felsformation, die ihr unmissverständlich zeigte, dass sie am Ziel war. Dumpfe Schüsse hallten nach draußen und jede Menge herrenloser Pferde standen angebunden da – das Gefecht hatte bereits begonnen. Jetzt musste sie schnell einen Weg finden ihr Vorhaben in die Tat umzusetzen.

Mit zitternden Fingern band sie ihr Pferd bei den an-

deren an und blickte sich um. *Ich muss irgendwie da hoch kommen*, dachte sie mit Blick auf das Plateau der Felsformation. Sie hatte nicht vor, Raider's Landing beim Fronteingang zu betreten und sich direkt ins Getümmel zu werfen.

Es brachte sie an den Rand der Verzweiflung und mehrmals war sie kurz davor, aufzugeben, doch schließlich, nach langem Klettern, aufgeschürften Händen und einem eingerissenen Rock, hatte sie es tatsächlich geschafft, das Plateau zu erreichen.

Sie blickte sich um, um sich zu orientieren. Hinter einem entfernten Felsen sah sie plötzlich einen Ellbogen hervorspitzen. Offensichtlich war sie nicht alleine hier oben. Das Herz schlug ihr bis zum Hals, doch sie nahm all ihren Mut zusammen.

„He!", rief sie, so laut sie konnte und legte bebend ihr Gewehr an. *Du brauchst einen guten Stand*, hörte sie Johns Worte wiederhallen und stellte sich hüftbreit hin, *halt deinen Arm nicht zu hoch,* sie ließ ihren Ellbogen herabsinken, *und sei ganz ruhig. Es gibt nur dich und dieses Ziel, und du wirst es treffen.*

Der Mann, der auf ihren Ruf hin hinter dem Felsen hervorkam, war eindeutig nicht aus der Cunningham-Bande. Sie ließ keine Sekunde verstreichen, nutzte den Überraschungsmoment und schoss ihm in den Kopf. Wie ein Sack Getreide fiel ihr Gegenüber um, ehe er wusste, wie ihm geschah, und Anne ließ das Gewehr langsam sinken.

„Was zur…" Plötzlich sprang ein weiterer Mann hinter dem Felsen hervor und schoss ohne zu zögern auf sie.

Damit hatte sie nicht gerechnet. So schnell sie konnte, rettete sie sich hinter einen Felsen.

Gottverdammt, was sollte sie jetzt tun? John hatte ihr das Schießen gelernt und sie war verdammt gut, solange sie Zeit hatte, anzuvisieren und sich zu konzentrieren. Hier und jetzt blieb ihr aber überhaupt keine Zeit dafür. Sie musste schnell handeln, sonst war es früher mit ihr zu Ende als es ihr lieb war!

„Außergewöhnliche Umstände", sprach sie zu sich selbst, während sie hastig ihren Stiefel auszog, „erfordern außergewöhnliche Methoden."

Sie ging in die Hocke, lehnte sich mit der Schulter an den Stein und legte an. Das Gewehr lag ruhig am Felsen. Sie würde schnell sein müssen, doch sie konnte es schaffen. Mit ihrer freien Hand warf sie den Stiefel hinter den Felsen, hinter dem sich der Mann geduckt hatte. Nach ihrer Einschätzung müsste sie ihn genau treffen.

Es schienen Stunden zu vergehen, in denen der Stiefel durch die Luft segelte. Doch dann, tatsächlich, sie hatte getroffen, denn der Mann sprang erschrocken auf und wusste nicht, was geschah. Aufgeschreckt fuhr er herum und erblickte sogleich den Stiefel, anstelle des Angreifers, den er erwartet hatte. Der Groschen fiel und er zielte sofort wieder in ihre Richtung. Doch es war zu spät. In den wertvollen Sekunden, die er verschwendet hatte, die Situation zu begreifen, hatte Anne Zeit gehabt zu zielen. So schaltete sie auch ihren zweiten Gegner erfolgreich aus.

Erleichtert stieß sie die Luft aus und griff sich an die Stirn. Hoffentlich stolperte sie über keine weiteren An-

greifer, dafür war sie einfach zu langsam! Mit einem Ruck sprang sie wieder auf die Beine und lief mit einem nackten Fuß zu ihrem zweiten Opfer. Der Stiefelschaft lugte ein kleines Stück unter dem Mann hervor.

„Na toll", knurrte sie, packte das Leder und zerrte daran. Es kostete sie einige Mühe, den Stiefel unter dem schweren Körper herauszuziehen. Mit bösem Blick betrachtete sie den Mann, raffte ihren Rock und zog den Stiefel wieder an. Anschließend lief sie geduckt weiter, ab jetzt vorsichtiger.

Anne näherte sich dem inneren Rand des Plateaus, wo die zwei Männer gewesen waren, und dem Lärm nach müsste Raider's Landing direkt dort unten liegen. Achtsam lehnte sie sich vor und blickte nach unten. Sie war ziemlich nah am Eingang der freien Fläche innerhalb der Felsen. Zwischen heruntergekommenen Gebäuden, von denen einige schon eingestürzt waren, tobte die Hölle.

Auf die Entfernung konnte Anne niemanden erkennen, doch plötzlich erlosch das Getöse an Schüssen.

„Feuer einstellen, Männer, aber bleibt in Deckung!"

Das war Jacks Stimme. Er war am Leben! Wo war er? Fiebrig suchte sie das Gelände ab an der Stelle, aus der der Ruf gekommen war.

„Ich komme jetzt raus!", rief Bill.

Im nächsten Moment flog die Tür eines Gebäudes auf und zwei Männer kamen heraus. Der, der vorne war, wurde eindeutig von dem anderen als Schutzschild benutzt, also war der zweite Mann wohl eindeutig Bill.

Anne rannte los. Sie musste näher ran. Ihre Stiefel

trugen sie so schnell sie konnten über das harte Gestein, ehe sie sich schlitternd auf den Bauch legte. Sie musste schnell handeln, ehe Bill *noch* jemandem etwas antun konnte!

Ein zweiter Mann trat aus der Deckung. Anne erkannte Jack und das Blut begann in ihren Ohren zu rauschen. Was zur Hölle tat er da? Bill würde sich sicher kein Mann-zu-Mann-Duell liefern, dazu war er ein viel zu großer Feigling. Mit Sicherheit würde er Jack hinterlistig ermorden. Das durfte sie nicht zulassen!

Hastig platzierte sie das Gewehr an einer geeigneten Stelle auf dem Felsen und legte an. Mit einem zusammengekniffenen Auge visierte sie Bills schwarzes Haar an. Wenn sie jetzt nur nicht so zittern würde, wäre sein Schicksal besiegelt.

Sei ganz ruhig. Es gibt nur dich und dieses Ziel, und du wirst es treffen.

Anne atmete tief aus und ein, schloss eine Sekunde lang die Augen und jegliches Beben verschwand. Sie würde jetzt Rache nehmen für alles, was er ihr genommen hatte. Ein für alle Mal. Sie würde nicht zulassen, dass er ihr jemals wieder etwas wegnehmen konnte. Mit einem Mal huschte etwas an Bill vorbei und er ließ seinen Schutzschild los. Das war ihre Chance.

Peng!

Bewegung ging durch Raider's Landing. Anne rollte sich auf den Rücken. Der große, weite Himmel über ihr war wolkenklar. *Ein wunderschöner Tag um zu sterben, nicht wahr, Bill?*, dachte sie bei sich und schloss die Augen. Das war ihr Moment. Sie hatte es geschafft. Jetzt

war sie frei, wirklich frei.

„Danke, John", flüsterte sie.

Sie hatte ihre Tasche gepackt. Sie war bereit.

Anne warf die Tasche über ihre Schulter und blickte in den kleinen Spiegel in ihrem Zimmer, der kaum groß genug war, ihr gesamtes Gesicht zu zeigen. Gefasst betrachtete sie die lange Narbe, die sich ihre rechte Wange hinabzog, beinahe bis zu ihrem Kinn. Mit der zweiten, nicht übersehbaren Narbe an ihrem linken Wangenknochen entlang, war dies die deutlichste Entstellung in ihrem Gesicht. Es gab keinen Zweifel daran, dass sie sie wohl ihr restliches Leben lang begleiten würden.

Sie erinnerte sich noch gut an die Zeit, als ihre jetzt so traurigen Augen vor Lebensfreude gesprüht hatten. Selbst ihr rotes Haar erschien ihr glatter als damals. Ganz anders als früher jedoch reckte sie ihr Kinn vor, wenn sie etwas durchsetzen wollte. Es gab nichts, was sie von ihrem Entschluss abbringen können würde, keine Abigail und auch kein Jack. Wenn all das eines mit ihr gemacht hatte, dann, dass sie mit dem Kopf durch die Wand ging, wenn nötig. So viel hatte sie geschafft und überstanden. Seit sie Bill erschossen hatte, fühlte sie sich frei und losgelöst und sie wusste, dass sie ein neues Kapitel in ihrem Leben aufschlagen musste.

Sie holte tief Luft, nahm Luke, den sie heute wohl zum letzten Mal gebadet hatte, auf den Arm, verließ das Zimmer, sperrte ab und ging die Treppe nach unten, wo sie den Schlüssel am Tresen abgab und ihre Rechnung bezahlte. Wie vereinbart saßen Jack und Abby an einem

der Tische und warteten auf sie. Die beiden verloren sich soeben in einem innigen Kuss und Anne wusste nicht, wie sie sich bemerkbar machen sollte. Unschlüssig stand sie da und sah betreten zu Boden.

Abigail bemerkte sie offensichtlich im Augenwinkel und Anne konnte nicht anders als zu erröten, als sie ihren Kuss unterbrachen und diese zu ihr aufsah. Da sie nicht wusste, was sie sagen sollte, reichte sie Abby Luke und setzte sich mit ihrer Tasche zu den Dreien an den Tisch.

„Was hat die Tasche zu bedeuten?", fragte Abigail erstaunt.

„Deshalb möchte ich mit euch sprechen." Zwei überraschte Gesichter blickten ihr entgegen und schienen schon zu ahnen, dass ihnen nicht gefallen würde, was sie gleich zu hören bekommen würden.

„Ich bin ganz Ohr", sagte Jack in einem strengen Tonfall, als würde er mit einem Kind sprechen, das etwas angestellt hatte und beichtete. Seit die Sache mit Bill vorüber war, war er zum neuen Sheriff ernannt worden – eine Rolle, mit der er sich, wie sie wusste, noch nicht hundertprozentig anfreunden konnte.

„Was sind eure Zukunftspläne?", fragte sie die beiden und Abby und Jack sahen sich etwas ratlos an.

„Wir werden uns vermutlich ein Stück Land in der Gegend suchen und in ein neues Leben starten", erklärte Jack.

„Also noch nichts Konkretes, so wie ich das sehe, ja?"

„Nein, davon abgesehen, dass ich der Sheriff dieser Stadt bin, wollten wir uns die nächste Zeit umhören, wo

etwas zum Verkauf steht."

Anne nickte, als wüsste sie die Antwort bereits. „Ich habe euch einen Vorschlag zu machen." Sie sah ihnen beiden fest in die Augen. „Da Bill und sein Dreckspack sich ja nach Raider's Landing verkrochen hatten, ist Johns und meine Ranch nun wieder unbewohnt. Ich befürchte zwar, dass die Schweine dort ein ziemliches Chaos hinterlassen haben, doch ich hoffe, dass es nicht allzu schlimm ist. Ich würde sie euch gerne schenken."

Es war in diesem Moment nicht zu sagen, wer von den beiden die größeren Augen machte.

„Was... aber, wieso gehst du denn nicht selbst dorthin zurück?", fragte Abby und bereute die Frage sicherlich sofort, sobald sie Annes Gesichtsausdruck sah.

Die junge Frau senkte den Blick: „Ich möchte diesen Ort nie wieder betreten."

Abby warf Jack einen besorgten Blick zu und lächelte ihr ermutigend zu: „Komm doch mit uns. Gemeinsam..."

„Nein", sagte Anne strikt und sah sie beide harsch an, um das Thema unverzüglich zu beenden. Ihr Herz pochte in ihren Ohren, als sie die über sie hereinstürmenden Bilder zu verdrängen suchte. „Nehmt sie. Bei euch wäre sie in guten Händen, ich könnte mir kein besseres Ende für diese Geschichte vorstellen. Bitte."

Abby sah hilfesuchend zu Jack.

„Du musst sie uns nicht schenken, Anne. Wir haben genug Geld, um sie dir zu bezahlen. Mach dir darüber keine Sorgen."

„Nein, ich...", widersprach Anne erfolglos.

„Das steht außer Frage, Anne. Ich werde sie geschenkt nicht nehmen." Da war er wieder, der Ton, der keine Widerrede zuließ.

Anne zuckte mit den Schultern und vertagte diesen Punkt damit auf später.

„Wo willst du denn hin?", fragte Abby besorgt.

„Ich weiß es nicht. Wir werden sehen, wohin der Wind mich trägt."

Abby seufzte schwer.

„Unter einer Bedingung", sagte Jack, „sonst lasse ich dich nicht gehen."

Anne zog die Augenbrauen hoch.

„Wir verhandeln einen Preis für die Farm. Und du nimmst das Geld."

Anne holte tief Luft, dann nickte sie: „Einverstanden:"

Entfesselt

„Meine Damen und Herren, ich präsentiere ihnen in wenigen Sekunden den schnellsten Colt, den sie im Westen je gesehen haben. Ihre Finger sind flinker als die Präriehunde aus ihren Erdlöchern hervortauchen. Ihre Augen sind schärfer als die eines Adlers, der seine Beute anvisiert. Meine Damen und Herren, sie wissen, von wem ich spreche. Man nennt sie, die ‚Muse des Henkers'."

Erwartungsvoller Applaus ertönte von den drei mit Zelten eingefassten Seiten, in denen sich Tribünen befanden. Die Menge war bereits von Mick mit seiner Peitschenshow angeheizt worden und erwartete nun etwas noch Spektakuläreres. Die Zeltwände flatterten geräuschvoll im Wind und spiegelten die Unruhe der Zuschauer wider.

Kaum war die Stimme des Ansagers verstummt, trat eine Frau auf die offene Wiese zwischen den Zelten hinaus. Das Chaos um sie herum tangierte sie nicht, sie war ruhig und fokussiert. Ihr weiter Rock wallte bei ihren Schritten. Sie trug ihre Schultern zurück und das Kinn hoch, eine Frau, die sich ihrer selbst sicher war. Unter ihrem schwarzen Hut loderte ihre rote Haarmähne ihren Rücken hinab wie das Höllenfeuer höchstpersönlich.

Das Gegröle verstummte nach und nach und eine nahezu unheilvolle Stille nahm dessen Platz ein. Beinah ein jeder von ihnen hatte vor dieser Show bereits von der

„Muse des Henkers" gehört und sie alle gierten danach, ihr Können mit ihren eigenen Augen zu sehen. Sie lehnten sich nach vorne, versuchten den besten Ausblick an ihren Vordermännern vorbei zu erhaschen.

Vor Anne, oder der „Muse des Henkers", wie man sie nun nannte, waren drei leere Flaschen auf einer Bank aufgereiht. Dies war eine ihrer leichtesten Übungen. Sie hob ihren rechten Arm, spannte den Hahn ihres Colts und die drei Flaschen zerbarsten so schnell, dass die drei Schüsse beinahe wie einer erklangen. Das Publikum jubelte.

„Haha, das sah aus als langweile sie sich regelrecht! Wollen wir doch mal sehen, ob sie das auch ohne ihre Augen kann?"

Drei neue Flaschen wurden aufgestellt. Kaulder, Leibwache des Bosses und Statist in der Show, kam wie jedes Mal mit einem schwarzen Stoffband und verband ihr die Augen. Dieser Akt hatte sie zu Anfang etwas Überwindung gekostet, nichts sehen zu können hatte Panik in ihr hochkommen lassen. Doch sie war nicht mehr die Anne von früher, sie wollte keine Angst mehr haben. Nie mehr. Also hatte sie die Zähne zusammengebissen und schüttelte so auch diese Übung ein weiteres Mal locker aus dem Ärmel. Zielsicher traf sie alle drei Flaschen und erntete abermals tosenden Applaus.

„Ho, ho, ho, mit dieser Frau ist nicht zu spaßen, Freunde! Aber – was ist das? Was tut sie jetzt?"

Blitzschnell schoss Anne mehrere Löcher in kleine Wasserkisten, die über den Zelten befestigt waren. Auf ihnen war je ein hölzernes Rohr angebracht, das bis

obenhin mit Wasser gefüllt war, und so spritzte dieses durch den Druck von oben augenblicklich in mehreren kleinen Fontänen heraus und berieselte die Zuschauer. Der Überraschung folgte lautstarker Jubel, womit sie sich mit dem ersten Teil ihrer Vorstellung verabschiedete.

Es folgte eine rasante Kutschenshow. Danach war Anne wieder an der Reihe und traf ihre Ziele auf unglaubliche Entfernungen. Es wirkte fast als könnte sie um die Ecke schießen. Es folgten Kälberfangen, Messerwerfen, diverse Reitvorführungen und vor einer der Lieblingsattraktionen, dem Bullenreiten, war Anne abermals dran und schoss auf Strohpuppen, die an einem Seil aufgehängt waren, das Brick und Kaulder quer über den Platz gespannt hatten. Beide standen an einem Rad und drehten es, sodass die Puppen unglaublich schnell hin und her sprangen. Anne entkam keine einzige von ihnen.

Nach der Show saß Anne wie so oft in Masons Büro. Er war der Boss des Circusses und der Mann, der ihrem Leben eine neue Richtung gegeben hatte. Sein Büro war ein großes Zelt, in dem sich nur drei Stühle und ein Schreibtisch befanden. Hinter dem Schreibtisch hing eine Abtrennung, hinter der sich Masons Privatleben abspielte.

„Ich muss noch immer daran denken, wie du diese armen Bauern um ihre Pennys erleichtert hast." Er verzog seinen Mund mit seinem üppigen Henriquette-Bart zu einem schiefen Grinsen.

„Es waren keine armen Bauern, höchstens ein paar

Saufbolde", berichtigte sie und musste bei der Erinnerung ebenfalls schmunzeln.

Es war einige Monate her, da hatte sie sich ein paar Groschen verdient, indem sie kleine Wetten abschloss und auf der Straße austrug. Es ging darum, wie schnell oder gut sie schießen konnte und nie hatte sie eine Wette verloren.

„Und dann kam Mason, der *Hangman*, und rekrutierte mich für seinen Circus", fuhr sie fort. Mason wurde witzigerweise so genannt und so hatte er auch seine Show danach benannt, den Hangman Circus. Sie fragte sich bis heute, wie er zu diesem Namen gekommen war, da er so gar nicht zu ihm passte.

„Ich erkenne ein Talent, wenn ich eines sehe." Seine Augen, die ebenso schwarz zu sein schienen wie sein Haar, blitzten überlegen. „Ich kann es allerdings immer noch nicht glauben, dass eine *Frau* dir so das Schießen beigebracht hat."

„Ich bin eine Frau und schieße besser als jeder Mann, der mir bisher begegnet ist, warum also sollte nicht eine Frau es mir beigebracht haben?"

Nachdem sie Jack und Abigail verlassen hatte, war sie ein paar Wochen bei Tressa untergekommen, bis sie entschieden hatte, wohin es sie verschlagen sollte. In dieser Zeit hatten die beiden Frauen ihrer beider Leben nachhaltig beeinflusst: Anne hatte sich Tressas Mann, Brad, angenommen und ihm etwas Verantwortung eingebläut, und Tressa hatte Anne das schnelle Schießen beigebracht. In endlosen Stunden hatte Anne dieses Handwerk perfektioniert. Es gab ihr Sicherheit und

nahm ihr die Angst vor der Zukunft und allem, was dort auf sie warten mochte.

Ganz richtig war es zwar nicht, dass Tressa es ihr beigebracht hatte, doch der größte Teil ihres Könnens war definitiv dieser Frau geschuldet. Auch wenn Abigail, die Banditenbraut, es gewesen war, die ihr zum ersten Mal einen Revolver in die Hand gedrückt hatte und John auch bereits viel mit dem Gewehr mit ihr geübt hatte. Den meisten Männern, wie auch Mason, schadete eine Portion Frauenpower ohnehin nicht.

Mason lachte. Als er etwas erwidern wollte, flog der Zeltvorhang am Eingang zur Seite und ein Mann taumelte herein. Er schaffte es gerade noch, einen Stuhl zu erreichen, ehe er auf ihn niedersank. Blut lief aus seiner Nase und aus einer Wunde an seiner Wange. Er war verschwitzt, schmutzig und sein Hemd hatte auch schon bessere Tage gesehen.

„Sieht nicht so aus, als hättest du gewonnen *diesmal*?", murrte Anne.

Kaulder, der Mann auf dem Stuhl, lachte abschätzig. „Und ob", stieß er hervor und erstickte jeden Zweifel daran, dass sein Taumeln lediglich einigen Schlägen zuzuschreiben war.

„Vielleicht würdest du nicht so viel einstecken, wenn du dich vor diesen albernen Kämpfen nicht maßlos betrinken würdest?" Anne funkelte ihn an und hatte keinen Hauch Mitleid für ihn übrig.

„Durch das Trinken macht es doch erst richtig Spaß", grinste er, „sonst gewinne ich ja allzu leicht."

Anne verzog keine Miene.

Kaulder sog geräuschvoll die Luft ein und lehnte seinen Oberkörper ruckartig in Masons Richtung. „Unsere liebe Anne ist wohl das einzige Weib, das nicht auf harte, schmutzige Typen steht, wie es scheint."

Sein dreckiges Lachen wurde vom Klicken eines Abzugs erstickt. Anne war blitzschnell aufgesprungen und presste den Hahn unter sein Kinn. Sie sah ihn herausfordernd an. „Du hast keine Ahnung, worauf ich stehe, Ross."

„Schon gut, schon gut. Steck das Ding weg", wehrte er ab.

Langsam sicherte Anne ihren Colt und nahm ihn von Kaulders Hals. Sie blitzte ihn noch einmal warnend aus ihren grünen Augen an, ehe sie sich wieder setzte.

„Nicht sonderlich klug, sich mit der einzigen Frau im Westen anzulegen, deren Colt schneller ist als der eines jeden Mannes", lachte Mason.

„Pah, die konnte mich noch nie leiden. Da hab ich nicht viel dafür getan."

„Wo das nur herrühren könnte?", fragte Anne provozierend nachdenklich.

„Ich habe *keiiiine* Ahnung", lallte Kaulder und grinste sie breit an.

„Nun, vielleicht, weil du ein Trunkenbold und ein Schläger bist und ich dich bereits mit mehr Frauen gesehen habe als ich zählen kann?"

„Höre ich da eine Spur Eifersucht?"

Abermals sprang Anne wütend auf und wollte Kaulder ein weiteres Mal in seine Schranken weisen, als Mason sie aufhielt.

„Schluss jetzt damit! Benehmt euch wie erwachsene Menschen, gottverdammt!"

Anne riss sich zusammen, sicherte ihren Colt und steckte ihn hinter ihrem Rücken in ihren Gürtel, wie sie es immer tat.

„Ich wollte ohnehin bereits gehen. Dieser Alkoholgestank ist ja nicht auszuhalten!" Mit diesen Worten machte sie auf dem Absatz kehrt und trat in die Nacht hinaus. Kaulders Antwort hörte sie nicht mehr. Es interessierte sie auch nicht. Von all den Männern aus der Truppe war er der Schlimmste und sie mied ihn, wo es nur ging.

Nachdem Anne sich alle notwendigen Utensilien aus ihrem Zelt geholt hatte, die sie brauchte, um ihren Revolver zu putzen, suchte sie sich ein abgelegenes Plätzchen. Dort setzte sie sich auf ihren hölzernen Schemel und polierte den Colt auf Hochglanz für die nächste Show.

Sie beschäftigte sich die meisten Abende alleine. Frauen gab es keine in der Truppe und außer bei Mason fühlte sie sich bei keinem der Männer wohl. Sie ging ihnen aus dem Weg so gut sie konnte. Die meisten hielten sie dadurch für ein abgebrühtes, eigenbrödlerisches Weibsbild, und das war ihr nur recht. So lange sie sich von ihr fernhielten, war ihr egal, was sie von ihr dachten.

Zufrieden betrachtete sie das blitzende Metall im Mondschein und lächelte. Sie war so froh, bei Mason gelandet zu sein. Er gab ihr die Sicherheit, nach der sie sich gesehnt hatte - und er stellte keine Fragen. Sie ver-

diente ihr eigenes Geld und führte ein Leben, das ihr nur allzu sehr gefiel. Die Aufregung und der Nervenkitzel der Show waren genau die Art Action, die sie gesucht hatte, und das ständige Umherreisen befriedigte ihre rastlose Seele. Abgesehen von ihrer Waisenstube und der Farm, auf der sie mit John gelebt hatte, hatte sie nicht viel von der Welt gesehen und es war für sie jedes Mal die pure Freude, wenn die Wägen sich wieder in Bewegung setzten und zu ihrem nächsten Ziel rollten.

Nach einem Blick in den schwarzen Nachthimmel hinauf stand sie auf und beschloss den Tag für beendet zu erklären. Sie wählte bewusst einen Weg, der sie möglichst unauffällig am Lagerfeuer, das im Zentrum des Lagers brannte, vorbeiführte. Dort befanden sich zu dieser Stunde nichts als Besoffene und auf diese Begegnungen konnte sie nur zu gut verzichten. Mit ihrer Geschichte - und als einzige Frau allein unter diesen unberechenbaren und rauen Männern - hatte sie kein leichtes Los gezogen. Doch egal, was das Leben ihr präsentierte, sie wollte sich von nichts mehr aufhalten lassen. Sie konnte alles schaffen.

Im Schutz der Nacht schlich sie um das Lagerfeuer herum, an dem laut gerufen und gelacht wurde. Das flackernde Licht der Flammen machte es schwer, den Weg vor ihr klar zu erkennen. Ein schepperndes Geräusch übertönte kurzzeitig das Treiben am Feuer. Anne erschrak so, dass sie zu allem Übel auch noch über den Eimer stolperte, an dem sie sich soeben gestoßen hatte. Die Männer wurden still und Annes Herz blieb stehen. Sie hatte nicht gesehen werden wollen. *Nicht.*

"Was zur Hölle treibst du da, Anne, lass den armen Eimer in Ruhe!", rief Brick.

Sie holte tief Luft und begann, sich wieder aufzurappeln.

"Bleib ruhig liegen", grölte Kaulder, "da können wir dich am besten brauchen."

Die Männer lachten und es folgten ordinäre Ausrufe. Anne spürte, wie Angst sich ihre Arme hinauf bemerkbar machte und sie zu zittern begann. Sie schloss einen Moment die Augen, beruhigte sich und stemmte sich schließlich hoch. Mit nach außen hin eiskalter Ruhe legte sie ihre Hand auf ihren Revolver, den sie kurzerhand vorne durch ihren Gürtel gesteckt hatte, und starrte der Meute regungslos entgegen.

"Üb' lieber weiter deine hübschen Pferdetricks, Kaulder, die Gäule finden sicher mehr Gefallen an dir als ich", konterte sie, woraufhin abermals Gelächter und vereinzeltes Klatschen folgte.

"Ich bin auch ganz gut mit dem Lasso", meinte Kaulder, "ich hätte dich eingefangen, noch ehe du zwei Schritte gerannt wärst."

"Und ich hätte dich erschossen, bevor du überhaupt nach deinem Lasso hättest greifen können." Sie spuckte abfällig zu Boden und machte auf dem Absatz kehrt. In den Monaten, die sie hier war, hatte sie gelernt, dass sie hier keine Schwäche zeigen durfte. Solange sie die harte Amazone markierte, blieben sie ihr alle vom Leib.

Sobald sie außer Sichtweite war, wurde sie von Zittern geschüttelt und rannte nahezu zu ihrem Zelt, während sie ständig das Gefühl hatte, verfolgt zu werden.

Als der Zeltstoff hinter ihr zugefallen war, war sie in ihrem sicheren Hafen angekommen. Sie zwang sich, sich zu beruhigen. Das hier war ihr neues Leben, die Vergangenheit konnte sie nicht mehr einholen. Diese Vergangenheit gab es nicht mehr. Und solange sie ihren Colt griffbereit hatte, konnte niemand ihr etwas antun. Er war, seit sie Tressa verlassen hatte, ihr ständiger Begleiter. So wachte er auch heute unter ihrem Kopfkissen über ihren Schlaf, wie jede Nacht.

Anne hievte einen großen Weidenkorb auf die Ladefläche der Kutsche. Es war heiß und der kühle Wind, der über die Außengebiete der Stadt strich, war eine Wohltat. Ihre rote Haarmähne hatte sie in einem Flechtzopf gebändigt und lediglich ein paar gelockte Strähnen tanzten um ihre Wangen.

„Anne, steig auf!", ertönte Masons Stimme von der Vorderseite der Kutsche. Schnell kippte sie die hölzerne Klappe hoch, verriegelte sie und hastete nach vorne. Sie stieg zum Kutschbock hinauf und setzte sich neben Mason.

„Es geht los!", rief er über die wartenden Gespanne hinweg und trieb die beiden Pferde, die vor seinen Wagen gespannt waren, an. Ein Ruck ging durch das Gefährt und sie setzten sich in Bewegung. Jedes Mal wieder war Anne froh, mit Mason fahren zu dürfen. Davon abgesehen, dass sie so ganz vorne in der Schlange fuhr und dem Staub der anderen entging, musste sie so auch bei keinem der anderen Männer sein. Der einzige Nachteil – Kaulder begleitete sie die ganze Zeit auf seinem

Pferd. Als Masons Leibwache wich er ihm selten von der Seite.

„Wo bleibt der Idiot heute?", knurrte der Boss.

Anne runzelte gleichgültig die Stirn: „Vielleicht hat er sich gestern zu Tode gesoffen."

„Ich danke für eure Besorgnis, doch ich erfreue mich bester Gesundheit", ertönte plötzlich eine muntere Stimme neben Anne. Kaulder, der seinen Hut zog, tauchte auf.

„Ich danke für die Information", äffte sie ihm nach, „doch mir wäre wahrlich lieber, du hättest deinen letzten Suff nicht überlebt."

„Aber, aber, warum so schlecht gelaunt an diesem sonnigen Vormittag?"

„Lass mich kurz überlegen…", sie legte nachdenklich zwei Finger an ihr Kinn, „womöglich, weil ich dir gestern beinahe dreimal mit dem Tod drohen musste?"

„Ha! Wusste ich's doch! Du tust das nicht gerne!"

„Oh doch, glaub mir, dir mit dem Tod zu drohen ist eine meiner größten Leidenschaften!"

Gerade, als Kaulder zu einem erneuten Konter ausholen wollte, brummte Mason lautstark: „Los, Kaulder, ab auf die andere Seite. Ihr seid schlimmer als eine Ehefrau und eine Nutte, die vom gleichen Mann gevögelt wurden, zur Hölle nochmal!"

Das breite Grinsen von Kaulder, dem Annes mordlustiger Blick folgte, verschwand hinter der Wagenplane, als er sein Pferd zurückhielt. Wenig später tauchte er auf der anderen Seite wieder auf und ritt mit einem breiten Lächeln neben Mason dahin. Die meiste Zeit unterhiel-

ten sich nur die beiden Männer, oder sie schwiegen. Anne hing ihren Gedanken nach und bemühte sich, Kaulders Anwesenheit zu ignorieren.

Stundenlang holperte der Wagen dahin und wie jedes Mal fühlte Anne sich wie mehrmals von einem Zug überfahren, als sie am Abend vom Kutschbock sprang. Eines war sicher – wenn sie alt war, würde sie diesen Job nicht mehr machen können, denn dann würden ihre Knochen das stundenlange Geholpere bei den Reisen nicht mehr mitmachen!

Drei Tage dauerte ihre Fahrt, in denen Kaulder sie mit Sicherheit siebenundzwanzig Mal damit aufgezogen hatte, dass sie sich auf kein Pferd setzte. Er wusste, wie unkomfortabel die Fahrt auf dem Wagen war und zog seinen Sattel stets dem Kutschbock vor. Natürlich ließ er sich keine Gelegenheit entgehen, Anne das zu verdeutlichen. Sie war von Anfang an sein liebstes Opfer gewesen – und sie hatte ihn von Anfang an gehasst.

Am vierten Tag erreichten sie eine neue Stadt. Das bedeutete, eine neue Show, neue Menschen, ein neues Abenteuer. Sie hatte mittlerweile schon viele kleinere und größere Städte gesehen, doch jedes Mal wieder war sie gespannt wie ein kleines Kind und lief den ersten Tag neugierig durch die Straßen und Gassen und schmökerte sich durch die Läden. Meistens gab es überall das Selbe zu kaufen und auch die Städte sahen genau genommen meist sehr ähnlich aus, doch das machte ihr nichts aus.

Die nächsten Tage würden sie in Whitecourt sein, einer der letzten größeren, wohlhabenderen Städte, ehe sie

sich dem Gebiet näherten, das Anne wohl am ehesten Heimat nennen konnte.

Es war ein kleines Privileg, dass sie sich in der Stadt herumtreiben durfte, während die Männer mit den Aufbauten für die Show beschäftigt waren. Später half sie stets genauso, doch es war kein Geheimnis, dass Mason ihr einige Sonderrechte einräumte, und sie hatte auch nichts dagegen. Jede Minute, die sie sich von der Meute lossagen und für sich sein konnte, war ihr recht.

Nach der ersten schlaflosen Nacht an diesem neuen Ort stand die erste Show am Nachmittag an. Es schien, als wäre die halbe Stadt gekommen. Es waren noch mehr Menschen als in der letzten Stadt, da Whitecourt auch um einiges größer war. Ihren Auftritt absolvierte sie wie immer mit Bravour und absoluter Zielsicherheit. Morgen würden sie eine weitere Show geben. Nachdem sie Mason am Abend nach der Vorstellung kurz Gesellschaft geleistet hatte, zog sie sich in ihr Zelt zurück. Seit dem Vorfall am Lagerfeuer war sie lieber öfter alleine in ihrem Zelt als alleine draußen im Lager.

Anne wusch sich das Gesicht, legte ihren Revolver und ihren Gürtel auf das Bett und nahm ihre Klamotten ab. Sie trug lediglich noch ihr Chemisenkleid, als sich plötzlich jemand am Eingang ihres Zeltes zu schaffen machte. Anne bemerkte es sofort, die eiligen Schritte zuvor hatte sie ignoriert, da zu dieser Zeit noch viele draußen herumliefen und feierten. Ihr war nicht aufgefallen, dass diese näher gekommen und schließlich vor ihrer Haustür verstummt waren. Hastig griff sie nach ihrem Revolver und richtete ihn auf den Eingang.

„Bleib wo du bist, es ist bereits eine Waffe auf dich gerichtet", warnte sie, während ihr Herz bereits höher schlug. War nun der Moment gekommen, da sie ihre Fertigkeiten wirklich zu ihrer Verteidigung einsetzen musste?

Eine blutverschmierte, riesige Gestalt wankte ins Zeltinnere.

„Um Himmels Willen", Anne schlug sich die Hand vor den Mund und legte ihren Colt zur Seite. Gerade noch rechtzeitig schob sie einen Stuhl zurecht, ehe Kaulder darauf niedersank und sich nicht mehr rührte. War er bewusstlos?

Mit großen Augen betrachtete sie sein Gesicht, um dessen rechtes Auge sich eine heftige Schwellung anbahnte. Doch der Rest sah nicht viel besser aus. Weitere Schwellungen, Platzwunden und Abschürfungen zierten seinen Körper, seinem Hemd fehlte ein halber Ärmel und die Knopfleiste war vollkommen zerstört. Sein halblanges Haar hing ebenso schlaff herab wie sein Kopf, der auf seine nackte Brust gesunken war.

„Diesmal hast du tatsächlich verloren, hm?", murmelte sie wütend.

Sie goss Wasser aus ihrem Vorrat in eine Schüssel. Diese verdammten Boxkämpfe bedeuteten irgendwann noch sein Ende! Oder der Alkohol kam ihnen zuvor! Sie begann, sein Gesicht von Blut und Schmutz zu säubern und war sich noch immer nicht sicher, ob er noch bei Sinnen war. Kurzerhand kippte sie ihm den Rest des Wassers in der Schüssel übers Haar und konnte ihre Schadenfreude nicht verbergen, als er erschrocken den

Kopf hochriss.

„Bist du des Wahnsinns?", blaffte er und funkelte sie wütend an, während ihr Grinsen noch breiter wurde.

„Ich dachte schon, du wärst tot. Wollte nur sicher gehen, ehe ich mich freue. Die Enttäuschung hätte ich nicht verkraftet."

„Dich muss wahrlich der Teufel höchstpersönlich aus der Hölle geworfen haben…", knurrte er und hob drohend seinen Zeigefinger, als er weitersprechen wollte. Doch sie unterbrach ihn bestimmt: „Halt die Schnauze und heb dein Kinn, ich bin noch nicht fertig."

Anne holte frisches Wasser. Er gehorchte und reckte das Kinn, ließ sie jedoch nicht aus den Augen. Wahrscheinlich hatte er Angst, dass sie ihm in einem unbeaufsichtigten Moment die Kehle durchschneiden würde.

Und er tat gut daran!

Behutsam tupfte sie das eingetrocknete Blut von seinem Hals und zögerte schließlich, als sie bei seiner Brust ankam. *Warum tue ich das hier eigentlich?*, fragte sie sich unwillig. Sie riss sich zusammen und drückte das nasse Tuch auf eine blutende Schramme, ehe sie das alte Blut von seinen leicht gekräuselten Haaren entfernte. Versehentlich entglitt ihr ein unsicherer Blick, den er direkt mit dem seinen erwiderte. Sie versteinerte, peinlich berührt über die Schwäche, die sie gezeigt hatte - und verängstigt von der kalten Ruhe, mit der er ihr begegnet war. Augenblicklich fühlte sie sich wie der Hase vor der Schlange.

„Na, gefällt dir, was du tust?", sagte er und seine Stimme war kaum mehr als ein Raunen.

Es gäbe sicher viele Frauen, denen das gefallen würde, aber ich bin definitiv keine von ihnen, dachte sie im Hinblick auf seinen gut gebauten Oberkörper. Würde er sich nicht so gehenlassen, wäre Kaulder ein ansehnlicher Mann. Ein *sehr* ansehnlicher Mann. Doch das interessierte Anne nicht im Geringsten und er hatte ohnehin genügend Frauen, die ihn das wissen ließen.

„Nein", erwiderte sie, mehr fiel ihr nicht ein.

„Aber mir gefällt's", knurrte er und packte sie bei den Handgelenken. Er versuchte, sie unwirsch auf seinen Schoß zu ziehen. Anne setzte sich zur Wehr und trat ihm schließlich mit dem Knie und aller Wucht, die sie aufbringen konnte, in die Rippen. Fluchend ließ er sie los und fasste sich an die Seite. Blitzschnell hastete Anne zu ihrem Revolver, ihrem sicheren Anker, und richtete ihn ohne zu zögern auf ihn. Der Hahn war gespannt. Zum ersten Mal seit sehr langer Zeit zitterte sie wieder am ganzen Körper.

„Du Miststück!", stieß er aus, stand ruckartig auf und verstummte erstaunt, als er sich zu ihr umwandte und auf den Revolver blickte. Doch es war nicht die Waffe, die ihn innehalten ließ, sondern der Blick aus ihren Augen. Gott, er war sich in diesem Moment zum ersten Mal, seit er sie kannte, nicht sicher, ob sie nicht tatsächlich auf ihn schießen würde. Bisher hatte er sie nie ernst genommen, doch diesmal war er wohl zu weit gegangen.

„Raus hier. Sofort." Anne versuchte ihre Stimme unter Kontrolle zu halten, doch sie war einer Hysterie nahe. Sie hielt ihren Atem flach, um ihm nicht noch mehr

ihrer Angst preiszugeben.

Kaulder hingegen hatte Mühe, seine Begierde unter all dem Alkohol im Zaum zu halten. Sie stand dort wie eine wütende Amazone, das lächerliche Nachthemd verbarg im Schein der Kerzenflamme kaum etwas von ihrer weiblichen Figur. Ihre Brustwarzen zeichneten sich unter dem dünnen Stoff ab und wurden nur teilweise von ihrer roten Mähne verdeckt. *Gottverdammt*, dachte er angespannt, *dieser Körper ist wirklich eine Verschwendung*. Er konnte nicht leugnen, dass sie eine ganz besondere Eroberung für ihn wäre, nicht zuletzt wegen ihrer störrischen Art.

Mit einem wütenden Schnauben fuhr er herum und stapfte aus dem Zelt. Er marschierte mit patschenden, unbeholfenen Schritten, die verzweifelt versuchten ihn zielstrebig von diesem Zelt wegzubringen, von dannen. Er durchquerte einmal das gesamte Lager, ehe er sich gefasst hatte und sich halbwegs sicher sein konnte, dass er nicht wieder zu Anne zurücklaufen würde. Ihr Anblick wollte ihm nicht aus dem Kopf gehen und er musste sich wie schon so oft eingestehen, dass sie ihn anzog wie kaum eine Frau zuvor. Ausgerechnet sie, die ihn nie weiter als einen Meter an sich heranließ. Ausgerechnet sie, die ihn zutiefst verabscheute. Ausgerechnet sie, die ihn, nach heute Abend noch mehr als je zuvor, am liebsten ins Jenseits schicken wollte.

Morgen. Sie waren das Schlimmste am Tag. Kaulder hasste den Moment, wenn er das erste Mal am Tag die Augen aufschlug. Er hasste es, wenn er langsam die di-

versen schmerzenden Regionen seines Körpers zu spüren begann. Er hasste, wie sein Kopf dröhnte und seine Glieder ächzten.

Mürrisch quälte er sich aus den Decken und setzte sich auf den einzigen Stuhl, der sich in seinem Zelt befand. Er stützte seinen Kopf, in dem sich alles heftig drehte, in seine Hände und versuchte den Nebel vor seinen Augen wegzublinzeln. Ihm war übel, sein Magen fühlte sich flau an. Er würde das Frühstück wohl, wie meistens, auch heute wieder ausfallen lassen.

Sobald er einigermaßen klar sehen konnte, stand er widerwillig auf und wusch sich das Gesicht. Das kühle Wasser tat gut und erweckte den ein oder anderen Lebensgeist. Mit ihnen kamen jedoch auch die Erinnerungen zurück. Er starrte die Schüssel an, die er für sein Wasser verwendete – die selbe, die Anne gestern benutzt hatte, als sie seine Wunden gesäubert hatte. Wie sah er eigentlich aus? Ein Blick in seinen kleinen Rasierspiegel, der von einer der Zeltstangen hing, zeigte ihm, dass er aussah wie jemand, der richtig Prügel eingesteckt hatte.

„Gottverdammt", murmelte er.

Er erinnerte sich noch genau, wie Anne ihn mit dem Schwamm berührt hatte, unglaublich zärtlich und vorsichtig. *Als wäre ich aus Glas*, schnaubte seine innere Stimme. Er hatte keine Erinnerung mehr daran, wie er in ihr Zelt gekommen war, auch Einzelheiten des Boxkampfes waren ihm entfallen. Stattdessen wusste er jedoch noch jede Einzelheit davon, wie er sie gepackt hatte, ehe sie sich losgerissen und ihn hochkant hinausgeworfen hatte.

Er fasste sich mit der Hand an die Stirn und schüttelte den Kopf. *Was wird bloß aus dir, alter Junge*, dachte er und wusste keine Antwort auf diese Frage. Eins jedoch war klar: Es ging schon lange bergab mit ihm und gestern hatte er sich auf seinen persönlichen Tiefpunkt begeben. Was hatte er sich nur dabei gedacht? Gott, ja, er konnte aus dem Stand eine ganze Liste an Frauen nennen, denen so eine Behandlung gefiel. Er hatte gedacht, auch Anne wäre so eine Frau – ihre raue Schale hatte absolut nichts von ihrer... ihrer... Was war das eigentlich gewesen? Angst? Nein, das konnte er sich kaum vorstellen, Anne war wohl die einzige Frau, die vor absolut nichts Angst hatte. Die einzige Erklärung war, dass sie ihn zutiefst ablehnte. Was jetzt nicht unbedingt eine neue Erkenntnis für ihn war...

Also, was hatte er sich dabei gedacht? Er versuchte das Ganze sachlich zu betrachten und kam zu einem einfachen Schluss: Es war nicht zu leugnen, dass Anne eine unglaublich anziehende Frau war, ein Teufelsweib, und er, er hatte jede Menge Alkohol getrunken gehabt. Sogar noch mehr als sonst. Und das war auch schon alles. Simple menschliche Instinkte. Dass sie ihn mehr als jede andere Frau reizte, konnte nur daran liegen, dass sie ihn absolut nicht wollte. Kaulder bekam nie das vom Leben, was er wollte, also war auch dies schlicht der unausweichliche Verlauf seines Lebens. Und nicht mehr.

Kaulder schlüpfte in ein paar Jeans, zog den ledernen Gürtel fest, knöpfte ein frisches Hemd zu und zog seine Stiefel an. Um seine Frisur brauchte er sich nicht zu kümmern, seine Haare standen sowieso immer irgendwo

und bei seinem heutigen Aussehen würde es erst recht keinen Unterschied mehr machen. Er fühlte sich, als hätte ihn eine Horde Pferde überrannt, und das nicht nur wegen seiner Schmerzen oder dem Kater.

Draußen begrüßte ihn kühle, frische Luft und eine Sonne, die versprach, heute Mittag gleißend heiß auf den Circus hinabzubrennen. Lustlos stapfte er zu Masons Zelt, fand es jedoch leer vor. Er lief weiter in Richtung des Zentrums und hörte beim Näherkommen Schüsse vom Showplatz.

Anne.

Vielleicht sollte er sich besser bei ihr entschuldigen. Je eher er das hinter sich brachte, desto besser. Er bog um die letzte Ecke, ehe er den Showplatz erreichte. Tatsächlich absolvierte Anne eine Reihe Schussübungen. Vor ihr war eine ganze Litanei an Flaschen aufgebaut und es verging keine Sekunde, in der nicht eine von ihnen zerbarst. Sie wirkte verbissen und es bestand kein Zweifel daran, dass sie ausgesprochen wütend war.

Lautes Klatschen und Masons Stimme ertönte: „Ausgezeichnet!"

Anne sah zuerst Mason, dann ihn. Ihr Blick vereiste, ehe sie ihn gleichgültig von ihm zu Mason schwenkte und diesem ein breites Lächeln schenkte. In Kaulders Brust krampfte sich etwas schmerzhaft zusammen. Großer Gott, war er etwa eifersüchtig?

„Du hast die Besprechung verpasst", rief Mason ihm zu und bedachte ihn mit einem tadelnden Blick.

„Hab nichts von einer Besprechung gewusst", erwiderte er.

„Hättest du, wenn du einmal vor der Mittagssonne aus deinem Loch kriechen würdest."

Kaulder erwiderte nichts darauf, schließlich war es die Wahrheit.

„Es gibt ein paar Neuerungen. Über deine Sachen sprechen wir später, zuerst ist Anne dran."

Zuerst ist Anne dran, keifte er in Gedanken und spürte wieder diesen Stich in seiner Brust, als Mason zu ihr auf die Wiese zwischen den Tribünen hinaustrat.

„Wie ich schon verkündet habe, soll die Show künftig rasanter werden. Wir brauchen etwas Neues und die Leute wollen immer mehr Nervenkitzel. Je mehr Spannung wir reinbringen, desto erfolgreicher werden wir. Irgendwann werden wir das ganze Land bereisen!"

Mason und sein Größenwahn! Kaulder interessierte das nicht sonderlich, womöglich, weil er selbst ein Mann ohne jegliche Träume war.

„Ich habe mir ein paar neue Tricks für dich ausgedacht. Wir werden ab sofort Menschen miteinbringen. Du schießt Äpfel von Köpfen, Zigaretten aus Mäulern und Strohbälle von Händen, nur um ein paar zu nennen…"

„Mason", unterbrach Anne ihn, „ich weiß dein Vertrauen in mich zu schätzen, aber ich kann *auch* einmal daneben schießen. Wir spielen mit Menschenleben."

„Tja", Mason zuckte die Schultern, „so läuft das Spiel! Künftig muss ich meine Statisten wohl genauso gut bezahlen wie meine Artisten!" Er lachte, doch weder Kaulder noch Anne stimmten ein.

„Mason, ich weiß nicht…"

„Benson, stell dich dort vorne hin", dirigierte der Boss und ein Mann, den Kaulder bisher nicht bemerkt und auch zuvor noch nie gesehen hatte, trat auf die freie Fläche. Das war wohl einer der neuen Statisten. Pah. Was sollte das? Das war lächerlich. Ein kleiner Fehler und er wäre tot. Während er beschloss, sich nicht einzumischen, bemerkte er plötzlich, dass Anne ihn anstarrte. Verwundert sah er sie an, doch sie wandte hastig den Blick ab und er sah, wie sie sich konzentrierte. Wollte sie das wirklich tun? Gott, wahrscheinlich war sie ebenso bereit, Menschenleben für den Erfolg aufs Spiel zu setzen wie Mason!

Kaulder wandte sich ab und zuckte beim Schuss aus Annes Pistole nicht mit der Wimper. Er hoffte nur, dass der Mann es überlebt hatte.

Zaghaft

Nach Annes zweiter Vorstellung am nächsten Tag wartete sie abseits der Show auf ihre letzte Nummer. Den Teil mit den rasenden Puppen hatte sie soeben hinter sich gebracht, zuletzt sollte sie den Apfel vom Kopf des Mannes schießen - als großes Highlight.

Soeben lieferte Kaulder eine Reihe rasanter Stunts auf dem Pferderücken ab. Während das Tier in halsbrecherischem Tempo um die Arena rannte, wuchtete er sich von der einen auf die andere Seite und berührte jeweils kurz den Boden mit seinen Füßen. Er stand im Galopp auf dem Pferd, ritt rückwärts, kletterte unter dem Bauch und unter dem Hals durch. Alles Manöver, für die es verdammt viel Kraft und noch mehr Geschick brauchte. Sie hatte noch nie jemanden so reiten sehen. Sie konnte sich nur annähernd vorstellen, wie viele Tausend Stunden Training dahintersteckten.

Zuletzt stand er noch einmal auf seinem Pferd und ritt das erhitzte Tier in dieser Pose aus der Arena. Kurz nach der Absperrung sprang er behände ab und versuchte erfolglos einen Blick aus Annes jadegrünen Augen zu erhaschen. Doch sie ignorierte ihn. Er war für sie gestorben. So führte er sein Pferd zu den Paddocks und Anne betrat wieder die Showbühne.

„Sehr verehrtes Publikum, Sie haben ja heute bereits einige rasante Showeinlagen zu sehen bekommen, doch jetzt wird es noch einmal spannend. Ich hoffe, Sie haben sich eine Extraportion Nerven aufbewahrt, denn jetzt

geht es um Leben und Tod."

Angespannte Stille trat ein. Benson trat in einigem Abstand vor Anne auf die Bühne und Chang, der chinesische Messerwerfer in der Gruppe, legte ihm grinsend einen rotleuchtenden Apfel auf den Kopf. Mit großen Augen blickte Benson Anne an, die ihren Revolver hob und auf den Apfel zielte. *Wenn ich genügend Zeit habe, treffe ich alles,* sprach sie zu sich selbst, *und ich habe alle Zeit der Welt. Das hebt nur die Spannung.*

So visierte sie in Ruhe an, konzentrierte sich, überprüfte sich selbst mehrmals. *Du brauchst einen guten Stand. Halt deinen Arm nicht zu hoch und sei ganz ruhig. Es gibt nur dich und dieses Ziel, und du wirst es treffen,* wiederholte sie Johns Worte wie ein Mantra. Sie atmete tief durch und schließlich drückte sie ab.

Die Menge musste ebenso die Luft angehalten haben wie sie und Benson, denn plötzlich waren alle völlig aus dem Häuschen. Das Stück des roten Apfels, das Benson aufgehoben hatte, zeigte deutlich, dass die Kugel das Obststück zerfetzt hatte und der Statist, der sein Leben zu feiern schien, schwang es mit einem Freudentanz durch die Luft. *Teufel, wie viel Geld muss er dir geboten haben, dass du so ein Risiko eingehst?,* fragte sie sich und unterdrückte ein Kopfschütteln, ehe sie sich verbeugte und Mason, der Ansager, die heutige Show unter tosendem Applaus für beendet erklärte.

Wie jeden Tag wurde jetzt getrunken und gefeiert und zu späterer Stunde wurden Wetten abgeschlossen und Boxkämpfe ausgetragen, bei denen Kaulder immer ganz

vorne mit dabei war. Obwohl, vielleicht hielt er sich heute etwas zurück, nachdem er beim letzten Mal ja eine gehörige Lektion verpasst bekommen hatte. Wobei das wahrscheinlich nur Wunschdenken ihrerseits war.

Anne verbrachte gute zwei Stunden bei Mason, der völlig euphorisch von der heutigen Vorstellung sprach und ihr eine Zukunft als erfolgreiche Artistin in seiner Show ausmalte. Seit einiger Zeit waren ihre Unterhaltungen immer mehr zu Monologen seinerseits geworden, doch er würde irgendwann wieder auf den Boden kommen, da war sie sich sicher.

Schließlich schlenderte sie abseits der feiernden Meute zu ihrem Zelt zurück. Es war stockfinster und wäre wohl eine äußerst stille Nacht ohne das Geschrei der Leute gewesen. Noch heute hatte Anne Mühe einzuschlafen, wenn sie wusste, dass Dutzende betrunkene Männer in der Nähe ihres Zeltes herumliefen. Es war meist ein sehr leichter Schlaf, beim kleinsten Geräusch in ihrer Nähe schreckte sie hoch, und nicht nur einmal war sie aufgewacht - mit der Hand unter dem Kopfkissen an ihrem Revolver.

„He, Süße", rief eine kratzige, angeheiterte Männerstimme.

Anne fuhr herum. Ein Schrank von einem blonden Mann, der sich hier offensichtlich erleichtert hatte, schloss den Reißverschluss seiner Hose und wankte auf sie zu. Seine hellblauen Augen glitzerten lüstern und er streckte die Hände bereits halb vor, als wolle er nach ihr greifen.

„Bleib mir vom Leib!", warnte sie und machte einen

Schritt zurück.

Er lachte und es hörte sich fast ein wenig wahnsinnig an: „Das sagen sie immer alle, und dann gefällt es ihnen doch."

Anne zog ihren Colt aus dem Gürtel an ihrem Rücken, nahm ihn mit beiden Händen, entsicherte und zielte auf den Mann. Ihre Mimik drückte Entschlossenheit aus, zumindest hoffte sie das. Ihr Gegenüber schien jedenfalls innezuhalten und seine Möglichkeiten abzuwägen.

Nicht mit mir, dachte sie, *nicht nochmal! Nie wieder.*

Dann ging alles so furchtbar schnell. Mit einem riesigen Schritt trat der Kerl auf sie zu. Ein kräftiger Schlag und ihr Revolver segelte durch die Luft, ehe er plump auf dem trockenen Boden aufschlug und liegen blieb. Sofort packte der Mann sie grob an den Oberarmen und presste sie an die Rückseite von einem der abgestellten Planwägen. Es war ihr egal, dass sie sich Schrammen und Holzsplitter einhandelte durch ihre heftige Gegenwehr. Sie schlug und kratzte und biss ihn sogar. Als er genug von ihrem Gezappel hatte, drehte er sie kurzerhand herum und drückte ihren Oberkörper auf die Ladefläche.

„Du Mistkerl", fluchte sie, „du gottverdammter Mistkerl, dafür wirst du büßen, das schwöre ich dir…" Ihre Beschimpfungen verloren sich in Tränen, als sie seine Hände an ihren Oberschenkeln spürte und ihr klar wurde, dass sie keine Chance mehr hatte. Sie nahm stark alkoholisierten Atem wahr und wurde wie durch einen heftigen Sog zurück in die Vergangenheit katapultiert.

Erinnerungen vermischt mit Gefühlen stürmten auf sie ein und alles, was sie so gut in sich verschlossen gehabt hatte, erkämpfte sich seinen Weg zurück in die Gegenwart.

Im nächsten Moment hörte sie einen dumpfen Schlag. Ihre Röcke fielen hinab, ihr Peiniger musste von ihr abgelassen haben! Anne fuhr herum. Der Kerl lag am Boden und ein anderer drosch heftig auf ihn ein. Es dauerte einen Moment, bis sie durch die Tränen hindurch in der Dunkelheit ausmachen konnte, dass es sich dabei um Kaulder handelte.

Unablässig schlug er auf den Mann ein. Dessen Arme lagen schlaff auf dem Boden. Er wehrte sich nicht. *War er...?*

„Kaulder, du bringst ihn um! Hör... auf!", schluchzte sie und zerrte an seinem Arm.

Er hielt inne. Entsetzt starrte Anne das blutige Gesicht des blonden Mannes an, der von Glück reden konnte, wenn nur seine Nase gebrochen wäre. Ruckartig blickte Kaulder zu ihr auf. Der Ausdruck in seinen Augen spiegelte unaussprechliche Wut wieder. Sie hatte ihn noch nie so gesehen. In den Boxkämpfen war er meist die Ruhe selbst, womöglich lag das am Alkohol? Doch jetzt war er regelrecht außer sich.

„Ich sollte ihn...", knurrte er und rang um Beherrschung während er sie musterte.

Sie schüttelte nur unmerklich den Kopf: „Er ist es nicht wert. Lass ihn da liegen."

Kaulder rang mit sich, ehe er sich schließlich erhob. Abfällig blickte er auf den am Boden Liegenden und

spuckte in den Staub.

Dann wandte er seinen Blick wieder Anne zu: „Geht es dir gut? Hat er dir etwas angetan?"

Wieder schüttelte sie den Kopf und rang um Fassung: „Nein er... du... wenn du nicht rechtzeitig gekommen wärst..." Sie konnte nicht. Es ging nicht. Eine heiße Träne nach der anderen bahnte sich ihren Weg über ihre Wangen, ehe sie schließlich haltlos zu schluchzen begann. Ihre über Monate so sorgsam aufrecht erhaltene Fassade bröckelte von ihr ab. Kaulder fing sie auf, ehe sie in sich zusammensacken konnte. Sie konnte nicht mehr.

„Los, komm", sagte er entschlossen und zerrte sie mit sich. Ihre Beine gehorchten ihr nicht. Als es ihm zu mühsam wurde, sie über ihre eigenen Füße stolpern zu lassen, packte er sie kurzerhand und trug sie. Es war ihm egal, ob ihr das passte oder nicht, doch sie wehrte sich ohnehin nicht. Erschöpft lehnte sie sich an seine Brust - und auch wenn sie wusste, dass er dafür der gänzlich Falsche war, gewährte sie sich einen Moment den Genuss der Einbildung, dass sie hier eine starke Schulter hatte, an die sie sich lehnen konnte. Sie wollte sich nur einen Moment fallen lassen. Nur einen kurzen Moment...

Er schlüpfte mit ihr durch den Eingang seines Zeltes und legte sie auf sein dürftiges Bett. Anne rollte sich zusammen und Heulkrämpfe schüttelten sie. Es war ihr in diesem Augenblick egal, dass er sie so sah. Sie konnte es nicht zurückhalten. Es war alles wieder da, all diese Erinnerungen, all die Scham, die Angst. Wie hatte sie

nur denken können, dass sie all dies hinter sich gelassen hatte? Sie würde nie davon loskommen. Nie, in ihrem ganzen Leben.

„Soll ich…", fragte er und deutete auf das Bett.

Sie schüttelte vehement den Kopf. Das Letzte, was sie jetzt wollte, war ein Mann, der bei ihr lag. Am liebsten wollte sie allein sein. Weit weg sein.

Kaulder ließ sie weinen. Er saß einfach nur da, starrte auf die weiße Zeltplane, die im Kerzenschein flackerte, und sagte kein Wort. Er hörte ihr Schluchzen und mit jeder Minute, die verstrich, schwor er sich, jeden Mann, der sich noch einmal unaufgefordert in ihre Nähe begab, windelweich zu prügeln. Er ertrug es nicht, sie so am Boden zu sehen. Es ergriff ihn mehr, als er für möglich gehalten hätte.

Doch er war auch über sich selbst erschrocken. Er hatte schon immer gerne zugeschlagen. Er war ein Schläger, wie Anne ihn immer nannte. Doch so außer Rand und Band wie heute war er schon lange nicht mehr gewesen. Genau genommen gab es nur ein weiteres Mal, als er nicht mehr hatte aufhören können auf einen anderen Menschen einzuschlagen. Jedoch hatte er gehofft, dass er dies weit hinter sich gelassen hatte. Nun, offensichtlich nicht…

Erstaunt stellte er fest, dass er ihr gerne mehr geboten hätte als sein schäbiges Bett, etwas, das ihrer würdig war. So ein Gefühl hatte er noch nie in seinem Leben gehabt.

Irgendwann wurde ihr Weinen leiser.

„Anne", sprach Kaulder nach einer Weile mit ruhiger

Stimme zu ihr, „kann ich irgendwas für dich tun?"

Sie wischte sich die Tränen mit der Bettdecke weg und wandte sich zögerlich zu ihm um: „Entschuldige…"

Er schüttelte den Kopf: „Lass. Es gibt nichts, wofür du dich entschuldigen müsstest."

Stille hüllte sie einige Momente ein.

„Kaulder?"

„Ja?"

„Du könntest doch etwas für mich tun. Mein Revolver… Er muss dort liegen…"

Er nickte und ging nach draußen. Als er an der Stelle mit dem Planwagen ankam, sah er, wie der Mann, der sie angegriffen hatte, sich taumelnd erhob. Keine Sekunde überlegte er, er sah sofort rot, schritt zügig auf den Kerl zu und verpasste ihm abermals einen Haken, der ihn zurück auf den Boden schickte.

„Du bleibst schön hier liegen", sagte er, ehe er sich umsah und den Colt holte, „und du kommst mit mir mit."

Er hastete zurück zum Zelt und schlüpfte hinein. Anne saß auf dem Bett, die Decke um ihre Schultern und ihre Arme um ihren Bauch geschlungen. Es war ein seltsamer Anblick für ihn. Von der selbstbewussten, knallharten Frau schien nicht mehr viel übrig zu sein. *Wie viel in so wenigen Sekunden zerstört sein kann*, dachte er und verspürte abermals dieses schmerzhafte Ziehen in seinem Inneren.

Er reichte ihr ihren Revolver und sie betrachtete ihn entmutigt. Ab jetzt würde sie ganz sicher noch mehr darauf achten, ihn nicht aus der Hand zu legen. Sie

hatte gesehen, was das bedeutete. Ohne ihn war sie nichts. Jetzt, wo sie das kühle Metall und das Gewicht des Eisens wieder in ihren Händen spürte, war ihr, als ginge es ihr gleich um ein Stück weit besser.

"Komm, lass uns einen Spaziergang machen." Kaulder sah sie auffordernd an. Er war vielleicht ein wenig ungehobelt und sprunghaft, doch er würde sich nicht hier hinsetzen und einem Frauenzimmer stundenlang beim Weinen zusehen. Irgendwas musste er tun und bei einem Spaziergang kam sie hoffentlich zumindest ein wenig aus dem Loch, in das sie gefallen war, heraus.

Anne sah ihn mit großen Augen an. Ein Spaziergang war wohl gerade das Letzte, was sie brauchte. Ablehnend schüttelte sie den Kopf.

Er zog die Augenbrauen hoch und beugte sich zu ihr runter: "Das war keine Frage. Hoch mit dir. Solange du nicht vor mir wegläufst, passiert dir nichts." Die Doppeldeutigkeit seiner Aussage wurde ihm schlagartig bewusst. Ungeschickter hätte er sich nicht ausdrücken können! Sie hatte keinen Grund, sich mit ihm alleine sicher zu fühlen, das hatte er ja am Tag zuvor glanzvoll bewiesen.

Die Hand, die er ihr hingestreckt hatte, zog er zögerlich wieder zurück und hätte sich für sein nicht vorhandenes Feingefühl ohrfeigen können. Doch ehe er sein Vorhaben ganz aufgab, ergriff sie seine Hand zitternd.

Heute ist ein völlig normaler Tag, wie jeder andere auch, wiederholte Anne, was Emily am Tag nach ihrer Rettung zu ihr gesagt hatte, *ein völlig normaler Tag…*

Es war, als blickte sie ihm ein letztes Mal prüfend in

die Augen, ehe sie mit einem "na gut" aufstand und ihren Colt sorgfältig hinter ihrem Rücken im Gürtel verstaute. Wehmütig stellte er fest, dass er ihre Hand gerne noch länger festgehalten hätte, doch er tröstete sich damit, dass das wohl ihr längster, körperlicher Kontakt gewesen war, seit er sie kannte. Das sollte er wohl als einen Fortschritt werten!

Die beiden gingen nach draußen. Als Anne sich in der Dunkelheit umblickte und zu zögern schien, wagte er es einfach, sie noch einmal bei der Hand zu nehmen. Verwirrt sah sie ihn an - und auch wenn sie die Verbindung nach weniger als vier Schritten wieder auflöste, so hatte die Berührung sie zumindest aus ihren angsterfüllten Gedanken gerissen.

"Ich weiß wirklich nicht, warum ich jetzt in der Dunkelheit herumlaufen muss", sagte sie kopfschüttelnd, "danach ist mir eigentlich gerade am allerwenigsten."

"Mach dir keine Sorgen, dir passiert nichts. Lass uns von den Zelten weggehen", meinte er und deutete auf das flache, trockene Land hinaus.

Eine Weile gingen sie schweigend nebeneinander her, ehe Kaulder das Wort ergriff. Er musste etwas loswerden, denn er hatte sich in seinem gesamten Leben bisher nur für eine andere Sache mehr geschämt als für sein Verhalten ihr gegenüber. Wenn er es nicht bald loswurde, würde es ihn auffressen.

"Anne, ich muss mich bei dir entschuldigen. Das neulich, das war nicht ich, ich hätte dich niemals so packen dürfen. Ich wollte dir keine Angst machen."

Die kühle Nachtluft füllte Annes Lungen und sie ge-

noss die Stille der Nacht. Ihre Angst war definitiv noch da, doch sie stellte fest, dass sie sich neben ihrer Begleitung erstaunlich sicher fühlte, wenn diese nicht betrunken war. Obwohl Kaulder sicher nicht ganz oben auf ihrer Vertrauensliste stand, ganz im Gegenteil.

"Alkohol macht aus Männern Monster", sagte sie schroff.

Er nickte: "Allerdings."

Wie recht sie hatte. Er war das beste Beispiel dafür. Was aus ihm geworden war, war sicher größtenteils dem Alkohol zuzuschreiben. Doch das würde sich jetzt ändern. Er konnte nicht erklären, warum, doch der Vorfall mit ihr hatte in ihm etwas ausgelöst. So konnte er nicht mehr weitermachen. Er wurde, wie sie schon gesagt hatte, zu einem Monster. Es hörte sich absolut hirnrissig an, doch es war nicht zu verleugnen, dass Anne eine entscheidende Rolle in seinem Umdenken spielte. Nein, wenn er ganz ehrlich war, *war* sie der Wendepunkt. Zuerst hatte er gedacht, es wäre nur ihre taffe, unnahbare Art, die ihn in ihren Bann gezogen hatte, doch er wurde den Gedanken nicht los, dass da noch viel mehr dahintersteckte. Hinter dieser Fassade. Und er wollte herausfinden, wer sie wirklich war. Selten hatte ihn etwas so gefesselt wie der Wunsch, die vielen Geheimnisse um sie zu lüften.

Wenn er nie fragte, würde er nie mehr über sie erfahren, dachte er sich. Sein Gefühl sagte ihm zwar, dass seine Fragen nicht erwünscht waren, doch er ignorierte es. "Schon öfter schlechte Erfahrungen gemacht?"

Sie sah ihn nicht an, sah weiter vor sich auf den Bo-

den, wie sie es tat, seit er das Gespräch begonnen hatte. Den Teufel würde sie tun und ihm oder irgendwem sonst von ihrer persönlichen Hölle erzählen. Das lag hinter ihr und sie wollte es nicht mehr in ihrem Leben haben. Sie war die neue Anne, die ohne Angst. Zumindest vielleicht morgen wieder...

"Ein paar besoffene Idioten haben meinem Mann die Kehle aufgeschlitzt." Diesen Teil konnte sie gefahrlos preisgeben. Auch wenn sie sich wünschte, es wäre anders, so tat es doch gut, mit jemandem zu reden. Zumindest ein bisschen.

Kaulder war bestürzt, damit hatte er nicht gerechnet. Zum ersten Mal wurde ihm so richtig klar, dass diese harte Schale womöglich das Produkt von schlimmen Erlebnissen war. Die Narben in ihrem Gesicht erzählten ihre eigene Geschichte, ganz offensichtlich hatte sie bereits einige Kämpfe im Leben durchstehen müssen.

"Das tut mir sehr leid, Anne. Das Leben ist selten fair." Und da sprach er aus Erfahrung. "Die Narben?", fragte er vorsichtig und sah sie mitfühlend an, während er neben ihr herging.

"Vom Pferd gefallen", log sie knapp.

Er nickte, dann versuchte er die Stimmung mit einem Lächeln aufzulockern: "Du hast es nicht so mit den Gäulen, hm?"

"Oh, nein, sie sind groß und unberechenbar und mir wird schwindelig wenn ich im Sattel sitze."

"Aber in Wirklichkeit kannst du schon reiten, oder?"

Sie verzog den Mund und zog die Schultern hoch: "Nun ja, können ist wahrscheinlich übertrieben. Notge-

drungen habe ich festgestellt, dass ich mich ganz gut oben halten kann und auch in schnellerem Tempo irgendwie dort hinkomme, wo ich hin will. Aber Garantie gibt es dafür keine."

"Ich könnt's dir beibringen."

Erstaunt sah sie ihn an: "Was? Das Reiten?"

"Ja."

Es war nahezu kindisch, wie sehr er plötzlich hoffte, dass sie „ja" sagte. Wenn er daran dachte, wie viel Zeit er dadurch mit ihr alleine verbringen könnte, machte sein Herz glatt einen Freudensalto. *Was passiert hier bloß mit mir?* So wie mit ihr hatte er sich zuletzt in seiner Jugend gefühlt, bevor all diese Dinge geschehen waren, die er mit dem Alkohol zu vergessen gehofft hatte.

"Okay", sagte sie und lächelte ihn an. Während Kaulder hoffte, ihr dabei näherzukommen, hoffte sie, dass er ihr *nicht* zu nahe kam. Das Ganze tat sie nicht ohne Hintergedanken: Wenn sie sicherer reiten konnte, standen ihr völlig neue Wege offen. Es war ein weiterer Punkt auf ihrer Angst-Liste, den sie streichen musste. Auf einem Pferd konnte man fliehen - und es war verdammt von Vorteil, wenn man dabei die Richtung bestimmen konnte.

"Das vorher hörte sich an, als wüsstest du, wovon du sprichst", sagte sie und sah ihn forschend an.

"Was meinst du?"

"Dass das Leben nicht fair sei."

Kaulder blickte in die schwarze Nacht hinaus, in der man den Horizont nicht vom Himmel unterscheiden konnte. Er hatte lange nicht darüber gesprochen, doch

er sah keinen Grund, ihr gegenüber nicht offen zu sein. "Ich bin früh von Zuhause ausgerissen und Goldgräber geworden. Wo Gier die Menschen beherrscht, sieht man Dinge, die man lieber nie gesehen hätte, aber nie mehr vergessen kann."

Bisher hatte sie ihn nur für einen schäbigen, lausigen Schläger und Säufer gehalten. Ihr war nie in den Sinn gekommen, dass er versuchte, grausige Erinnerungen zu vergessen. Diese neue Information ließ sie ihn in einem völlig neuen Licht betrachten.

"Haben der Alkohol oder die Schlägereien beim Vergessen geholfen?", fragte sie und grinste schließlich, "oder die Frauen?"

Er lachte auf: "Gott nein, mittlerweile befürchte ich vielmehr, dass sie alles noch schlimmer gemacht haben. Der Alkohol lässt einen nichts vergessen, sobald man nüchtern wird, ist es wieder da, als wäre es nie weg gewesen. Der Schmerz nach einer guten Schlägerei ist auch nur eine fahle Ablenkung und Frauen... nun ja, ohne jede Menge Alkohol hätte keine es geschafft, mich auf andere Gedanken zu bringen."

Kaulder betrachtete Anne verstohlen. Das Rot ihrer Haare leuchtete schwach, selbst in der Schwärze der Nacht. Seit sie im Nachthemd vor ihm gestanden hatte, wusste er zweifellos, dass ihr Körper Rundungen hatte, die jeden Mann in den Wahnsinn treiben konnten. Und er konnte nicht anders, als sich vorzustellen, wie er sie aus ihrer hochgeschlossenen, engen Bluse und den wallenden Röcken schälte, ihre Haut, die sicherlich unglaublich weich war, sich an seine schmiegte, ihre Haar-

spitzen ihn kitzelten und er sie mit wilden Küssen in den Wahnsinn trieb. Ja, er war sich absolut sicher, *sie* könnte ihn ohne Probleme auf andere Gedanken bringen und dafür würde er keinen Tropfen Alkohol brauchen. Sie brachte ihn ja angezogen bereits um den Verstand.

"Gut, dann kann ich das alles von meiner Liste streichen", schloss sie.

Er lachte und wurde nach einer kurzen Pause wieder ernst: "Es gibt nichts im Leben, das man vergessen kann. Irgendwann muss man die Zähne zusammenbeißen und sich durchkämpfen. Man kann es nicht ewig vor sich herschieben."

Habe ich das gerade wirklich gesagt? Himmel, eigentlich sollte er über so eine Aussage lachen, vor allem, wenn sie von ihm kam. Doch er stellte erstaunt fest, dass er das wirklich ernst meinte in diesem Augenblick. Er würde sich seinen Erinnerungen stellen, er konnte nicht ewig davonlaufen. Ansonsten würde er sich wohl irgendwann in den Tod saufen oder sich todprügeln lassen.

Anne erwiderte nichts darauf. Tief in ihrem Inneren wusste sie, dass er Recht hatte, doch sie wollte es nicht wahrhaben. Sie würde vergessen und diese eine düstere Episode aus ihrem Leben streichen können. Irgendwann würde es so lange her sein, dass ihr die ersten Details entfielen und am Ende wäre alles weg. Die Zeit heilte doch bekanntlich alle Wunden, also warum nicht auch ihre?

Die beiden gingen eine Weile schweigend nebeneinander her und genossen die Stille und die Anwesenheit

des anderen. Für Anne war es etwas Wundervolles, mit jemandem sein zu können, ohne reden zu müssen. Keine bohrenden Fragen, keine Annäherung, einfach nur nebeneinander sein.

"Wie hieß dein Mann?", fragte Kaulder und durchbrach das Schweigen.

"John", sagte sie und der Name versetzte ihr einen Stich. Sie schlug einen Moment die Augen nieder und holte unmerklich Luft. Wie lange hatte sie ihn nicht mehr ausgesprochen...

Kaulder entging ihre Reaktion nicht, doch er beschloss, dass es besser war, nicht weiter nachzufragen. Es war unübersehbar, dass ihre inneren Wunden noch nicht verheilt waren.

Sie waren fast am Lager angekommen und der Zeitpunkt für intime Gespräche somit verstrichen, ebenso wie ihre gemeinsame Zeit. Anne würde wieder in ihr Zelt gehen und er in seines, und wenn er Glück hatte, roch seine Decke nach ihrem warmen, weiblichen Duft. Er brauchte nicht in Erwägung zu ziehen, dass sie bei ihm bleiben würde. Jetzt wo sie ihren Colt wiederhatte, fühlte sie sich alleine in ihrem Zelt wohl sicherer als bei ihm.

"Warum bist du eigentlich zu mir gekommen, als du dich so hast verprügeln lassen?", fragte sie, legte den Kopf leicht schief und musterte ihn durchdringend.

"Das frag ich mich auch", grinste er und verschwand im Inneren seines Zeltes.

Berührt

"Bereit?", fragte er mit einem Grinsen.

Anne zog die Augenbrauen hoch und betrachtete das fuchsfarbene Pferd vor ihr. Es kam ihr riesig vor. Um eine lästige Fliege zu verscheuchen, stampfte es mit dem Vorderfuß auf und die mächtigen Muskeln erzitterten an seiner Schulter. Riesig, und unglaublich kraftvoll noch dazu! Ihr war es lieber, die Viecher waren mit einigem Abstand zu ihr vor eine Kutsche gespannt, das schien ihr weitaus sicherer als sich auf sie draufzusetzen.

"Nun ja... nicht wirklich", sie lächelte hilflos.

"Keine Angst, jetzt reiten wir noch nicht. Ich möchte erst einmal, dass ihr euch ein wenig kennenlernt."

"Kennenlernen?", fragte sie skeptisch.

"Jap", er klopfte dem Pferd auf den kräftigen Hals, "das ist Jack, ein langjähriger, guter Freund, dem ich mein Leben anvertraue - was ich von kaum einem Zweibeiner behaupten kann."

"Dein Leben", sie lachte, "du spinnst doch." Für sie war das unvorstellbar, diese Tiere waren unberechenbar.

"Warte, ich beweise es dir."

Er griff in die Mähne, holte Schwung und sprang auf den blanken Pferderücken. Mit einem Zwinkern in Annes Richtung galoppierte er den Fuchs an und drehte einen großen Kreis mit ihm. Plötzlich, ohne ersichtlichen Grund, verlor Kaulder den Halt. Es schien ihr wie in Zeitlupe zu geschehen. Langsam rutschte er an der Seite des Pferdes hinab und stürzte schließlich. Er schlug

mit einem dumpfen Geräusch auf dem Boden auf. Ein kleines Stück rollte er, ehe er schließlich liegen blieb.

"Kaulder!", rief sie erschrocken und rannte auf ihn zu. Ehe sie ihn erreichen konnte, hatte er sich bereits aufgesetzt. Auf die Hände gestützt lehnte er sich zurück und schlug die Beine mit einem Lächeln lässig übereinander.

"Was ist passiert? Warum bist du gestürzt? Tut dir was weh?"

Er konnte nicht anders als ihre Besorgnis einen Moment lang zu genießen, ehe er den Kopf schüttelte und auf Jack deutete: "Alles gut, ich habe mich absichtlich fallen lassen. Siehst du, was er getan hat?"

Erst jetzt nahm Anne das Pferd, das bei ihnen stand, wieder wahr. Ihr Herz hatte einen kleinen Satz gemacht, als Kaulder gestürzt war, und das Pferd hatte sie dabei reichlich wenig interessiert.

Irritiert sah sie ihn an.

"Er ist sofort stehengeblieben. Und er ist mir nicht von der Seite gewichen. Verstehst du?"

"Du hast dich absichtlich vom Pferd fallen lassen? Um mir zu zeigen, dass er bei dir bleibt? Herrgott, er hätte dich tottrampeln können!"

Er lachte und sie kam sich allmählich vor wie die einzige in ihrer Dreierrunde, die das Geheimnis nicht verstand.

"Unsinn, eher würden ihm Flügel wachsen, bevor er auf mich treten würde. Wir müssen wirklich an deiner Meinung über Pferde arbeiten."

Er stand auf und klopfte sich den Staub von den Klamotten. Anne stand immer noch fassungslos da.

"Was?", lachte er.

"Ich kann nicht fassen, dass du dich *für mich* vom Pferd hast fallen lassen. Nur um mir zu zeigen, dass du ihm *so* sehr vertraust? Du musst wirklich verrückt sein."

Abermals lachte er: "Ich hab weiß Gott schon verrücktere Dinge getan, das war wirklich keine große Sache." *Wie mich in dich zu verlieben*, dachte er, das *ist verrückt*.

Sie schüttelte stirnrunzelnd den Kopf: "Das war idiotisch."

"Ein paar Schrammen mehr oder weniger fallen nicht mehr auf", grinste er.

Anne betrachtete sein noch immer ziemlich in Mitleidenschaft gezogenes Gesicht, als ihr plötzlich ein Gedanke kam: "Du warst gestern nicht betrunken."

"Ich war ja auch mit dir spazieren."

"Normalerweise bist du um diese Zeit längst nicht mehr ansprechbar."

Er rieb sich mit der Hand über die Stirn und seufzte: "Mir war gestern nicht danach." Was sollte er sonst sagen? Dass er sich ihretwegen so geschämt hatte, dass er sich zum ersten Mal seit Jahren von den Feierlichkeiten ferngehalten hatte? Dass er nichts mehr vom Alkohol hören wollte? Weil es jetzt sie gab?

Anne nickte nur.

"So, jetzt ran ans Pferd", lenkte er das Gespräch um und griff nach Jacks Zügeln. Sie gingen zurück zu dem Punkt, an dem er zuvor aufgestiegen war, wo sich eine Kiste mit Bürsten befand.

"So, hiermit bürstest du den Staub aus seinem Fell." Er drückte ihr eine große Bürste in die Hand.

"Ich weiß, wie man ein Pferd putzt", sagte sie, "ich musste auf unserer Farm auch mit Pferden arbeiten. Nur reiten kann ich nicht sonderlich gut."

"Trotzdem. Striegel ihn."

Anne verdrehte die Augen und begann Jack zu striegeln. Sein Fell glänzte in der Sonne und sie konnte nicht widerstehen, mit der Hand darüber zu streichen. Es war warm und seidig glatt. Jack schnaubte und Anne lächelte.

Kaulder registrierte einige Abschürfungen und blaue Flecken an ihren Händen, die sie sich zugezogen haben musste, als sie sich letzte Nacht gegen ihren Peiniger gewehrt hatte. Seine Hände verkrampften sich zu Fäusten und er wünschte diesem Mann, dass er ihm nie wieder über den Weg laufen würde.

"Ich kenne einen Jack", riss Anne ihn aus seinen wütenden Gedanken.

"Kein äußerst seltener Name."

"Aber er ist das erste Pferd, das ich mit diesem Namen kenne."

"Na, welch eine Ehre", lachte er, „war er ein Freund?"

„Ja, ein sehr guter sogar. Er ist Sheriff."

Kaulder nickte anerkennend: „Einen Sheriff zum Freund zu haben, schadet wirklich nie! Woher kennst du ihn?"

„Ich habe nach dem Tod meines Mannes eine Zeit lang bei ihm und seiner Frau gelebt." Nun ja, also, im Grunde war es doch so gewesen, oder? Dass es sich um eine Banditenbande gehandelt und Abigail damals ei-

gentlich noch nicht Jacks Frau gewesen war, musste sie ja nicht unbedingt hervorheben.

„Dann haben sie dir sicher sehr geholfen", mutmaßte er.

Anne nickte, während sie Jacks Mähne von widerspenstigem, vertrocknetem Gras befreite: „Mehr als ich ihnen je zurückgeben könnte." Es kam ihr unwirklich vor, über Jack und Abigail zu reden, denn es schienen seitdem Jahrhunderte vergangen zu sein.

„Es muss sehr schwer für dich gewesen sein. Einen geliebten Menschen, der einem so nahe steht, zu verlieren, ist schlimmer als die Hölle."

„Wir waren erst seit drei Tagen verheiratet gewesen. Er hat ewig gebraucht, um um meine Hand anzuhalten." Die Erinnerung war wohl bittersüß, denn sie ließ ein Lächeln über ihre Lippen huschen.

„Er muss wohl Glück gehabt haben, dass ihm niemand zuvorgekommen ist."

Kaulder forschte mit einem aufmunternden Lächeln in Annes Gesicht, die einen kurzen Augenblick lang innehielt. Er wusste nicht, dass die Wärme, die seine Lachfältchen ausstrahlten, ungewöhnlich für sie war. Bisher war sein Lächeln stets nur überheblich, anzüglich oder amüsiert gewesen.

„Auf unserer Farm gab es selten andere Arbeiter. Und in die Stadt kam ich kaum. Doch selbst wenn, er hätte keine Konkurrenz gehabt."

Kaulder konnte nicht verhindern, dass ein Stich sein Herz durchzuckte und Eifersucht in ihm aufkeimte. Es war idiotisch, sich mit einem Toten zu konkurrieren.

Und doch war es so.

Um das für ihn unangenehme Thema zu beenden, bückte er sich zu den Pferdeputzsachen: "So, Hufe saubermachen!"

"Wirklich?", stöhne Anne, "ich kann das alles schon. Ehrlich!"

Kaulders Miene war unnachgiebig, und resigniert nahm Anne ihm den metallenen Kratzer aus der Hand. Mit geübtem Griff nahm sie Jacks Huf und kratzte die wenige Erde, die sich innerhalb des glänzenden Hufeisens gesammelt hatte, heraus. Als sie mit allen vier Hufen fertig war, reichte sie Kaulder das Werkzeug energisch zurück, stemmte die Hände in die Hüften und sah ihn auffordernd an.

"Fertig mit dem Kinderkram? Wo ist der Sattel? Satteln kann ich auch."

"Wie ich schon sagte, jetzt wird nicht geritten. Nimm seine Zügel und komm mit."

Da er einfach losmarschierte, blieb Anne nichts Anderes übrig, als sich die Zügel zu schnappen und ihm mit Jack hinterherzuhasten.

"Du hast gesagt, du bringst mir das Reiten bei!", beschwerte sie sich.

"Ja, und das mache ich auch. Eins nach dem anderen."

"Aber das kann ich doch alles schon! Das ist verschwendete Zeit!"

"Du kannst dich auf dem Pferd nicht sicher fühlen, wenn du dich am Boden nicht mit ihm anfreundest."

"Ich will mich nicht mit ihm anfreunden, ich will,

dass er tut, was ich sage!"

"Und dazu musst du zuerst verstehen, wie er denkt."

Es interessiert mich nicht, wie er oder was er denkt, dachte Anne schnippisch, sagte jedoch nichts weiter.

Sie marschierten eine Weile dahin, ehe Kaulder fragte: "Wie geht's dir heute?"

"Alles gut", lächelte sie und hätte es nur zu gern selbst geglaubt. Doch es war überhaupt nichts gut, schon lange nicht mehr. Auch Kaulder glaubte ihr nicht so ganz, fragte aber nicht weiter nach.

"Und dir? Wie war eine Nacht ohne Alkohol und Prügel? Fehlt es dir schon?" Sie konnte sich ein freches Grinsen nicht verkneifen.

Er lachte auf und schüttelte den Kopf: "Bei Gott, nein, kein bisschen." Anschließend lächelte er sie an: "Mein Tag beginnt mit einer wunderschönen Frau, was will man mehr?"

Gespannt wartete er auf eine Reaktion, doch es kam kein Wort über ihre Lippen. Stattdessen blickte sie von ihm weg in die Ferne und ihm schien, als wäre ihre Gesichtsfarbe um einiges blasser geworden. Was sollte das bedeuten? War sie geschmeichelt oder schockiert? *Gott, ich war mal ganz gut in diesen Dingen,* dachte er zerknirscht.

Seit wann kümmert ihn mein Befinden?, dachte sie verwundert. Ihr war, als erkenne sie ihn seit gestern kaum wieder. Vielleicht, weil sie noch nie wirklich miteinander gesprochen hatten und sie ihn erst jetzt wirklich kennenlernte?

Anne wurde heiß und kalt. Sie fühlte sich von diesem kleinen, harmlosen Satz in die Enge gedrängt. Vor Kaulder konnte sie ihre Fassade seit gestern nicht mehr so eiskalt aufrechterhalten wie früher. Es kam ihr kein lässiger Kommentar über die Lippen und das Herz schlug ihr bis zum Hals.

Ein seltsam vertrautes Gefühl überkam sie, das sie schon sehr, sehr lange nicht mehr verspürt hatte. Es kam ihr völlig aberwitzig vor, als sich eine wohlige Wärme in ihrem Brustkorb ausdehnte. Sie wäre in der peinlichen Stille, die entstand, am liebsten in einem Erdloch verschwunden.

"Gleich sind wir da", sagte Kaulder eine Weile später beklommen.

"Im Wald?", fragte sie skeptisch.

"Keine Angst, ich habe noch kein Loch geschaufelt und die Axt habe ich auch vergessen", scherzte er.

Anne verdrehte die Augen: "Deine Axt wäre meinem Revolver ziemlich egal."

Kaulder sagte nichts und ließ ihr den Triumpf, da er das Gefühl hatte, dass ihr eine Aufmunterung nicht schaden konnte.

Sie betraten den weichen Waldboden und langsam umfing sie der moosig, holzige Geruch der Nadelbäume. Es war kühler hier drin als draußen auf der offenen Fläche und das Knacken der Äste und Nadeln, die auf dem Boden lagen, hatte etwas Beruhigendes.

"Siehst du die umgestürzten Bäume dort hinten? Geh mit ihm durch sie hindurch und steig über sie drüber, die stehenden Bäume kannst du als Slalom benutzen."

"Okay."

Kaulder blieb stehen und ließ Anne alleine vorausgehen. Schon bei ihrer ersten Wendung blieb Jack stehen und sie hielt überrascht an, als sie den Zug auf dem Zügel spürte.

"Was hat er?", fragte sie erstaunt und sah Kaulder ratlos an.

"Das ist zu eng. Er kommt da nicht durch. Schau wo seine Beine stehen und wie viel Platz dort ist. Das geht nicht."

Sie verstand und nickte, ehe sie ihn abermals hilflos anblickte: "Und jetzt?"

"Rückwärts manövrieren und einen anderen Weg suchen."

Sie holte tief Luft und ließ die Schultern lustlos hängen. "Na gut", sagte sie zu sich selbst, nahm die Zügel kürzer und schob Jack daran zurück.

"Wenn du deine Hand an seine Brust legst, reicht das", empfahl Kaulder. Er sah, dass Anne kein hoffnungsloser Fall war, es fehlte ihr lediglich an Erfahrung im Umgang und etwas Vertrauen, doch das konnte sie lernen. Anne legte die Hand an Jacks Schulter und sah ihn mit großen Augen an, doch das Pferd reagierte bereitwillig und trat zurück. "Gut gemacht", sagte sie zu ihm, wendete ihn und ließ ihn über die beiden Baumstämme steigen, statt ihn hindurchzuführen. Sie kletterten und schlängelten sich weiter, ehe Jack abermals stehenblieb. Er stand vor einem querliegenden, dunklen Baumstamm und sah Anne ruhig an.

"Was ist jetzt?", fragte sie Kaulder, sah ihn jedoch

nicht an, sondern untersuchte den Boden um Jacks Hufe, um einen Hinweis auf sein Widerstreben zu finden.

"Zu hoch. Wenn er darübersteigt, schlägt er sich die Beine an", erklärte Kaulder.

Anne blickte hinter Jack und stellte fest, dass sie nicht zurück konnten, denn Wenden war platztechnisch ausgeschlossen und dann müssten sie den ganzen Weg zurückklettern, den sie bereits geschafft hatten.

"Aber was soll ich dann jetzt machen?", fragte sie.

"Na, er muss springen."

"Gibt es dafür auch einen Knopf?", lachte sie.

"Nein, mach ihm Platz und zeig ihm, dass du willst, dass er dort drüber geht."

"Wie viel Platz braucht er dann?", fragte sie unsicher und ging einige Schritte zur Seite.

"Das sollte reichen. Er passt schon auf."

"Okay", meinte sie, wenig überzeugt, und zupfte leicht an den Zügeln. Jack spitzte die Ohren, senkte den Kopf um den Stamm zu inspizieren und setzte mit einem gekonnten Sprung darüber. Obwohl sie wusste, dass er springen würde, machte Anne einen kleinen Satz zur Seite, den Jack, nachdem er gelandet war, mit einem freundlichen Blick und gespitzten Ohren kommentierte.

"Gut gemacht", lobte Kaulder sie und ging zu ihnen, "ich hab das Gefühl, du hattest ein wenig Spaß."

Anne schmunzelte. "Ein wenig", gab sie zu.

"Dann nichts wie rauf jetzt."

"Aufs Pferd?"

"Na, worauf sonst?" Ihm würde da ja durchaus etwas

einfallen, doch nach seinem ersten missglückten Kompliment heute behielt er das lieber für sich.

"Okay, aber wir haben keinen Sattel. Ich komme gar nicht erst rauf und dann auch sicher viel schneller wieder runter", grinste sie.

"Du kannst von dem Baumstumpf da vorne aus aufsteigen. Ich passe schon auf, dass du oben bleibst, und wenn nicht, fange ich dich auf."

Unbehaglich blickte sie zu dem Baumstumpf und war nicht überzeugt von dieser Idee. Davon abgesehen verwirrte es sie, dass Kaulder so nett und zuvorkommend zu ihr war.

"Ich kann dich auch raufheben", meinte er und zuckte die Schultern. Es versetzte ihm einen kleinen Stich, als sie erschrocken drein blickte, sofort zu dem Baumstamm ging und hinaufkletterte.

"Puh, er ist echt groß", sagte sie, als sie auf den breiten Pferderücken blickte.

"Nicht wirklich", lachte er und stellte sich auf Jacks andere Seite, damit er nah genug am Stamm stehen blieb, dass Anne aufsitzen konnte.

"Muss das wirklich sein? Mit Sattel wäre mir definitiv lieber."

"Du willst doch das Reiten lernen, oder? In einem Sattel sitzen kann jeder."

Na klar, für ihn als Stuntman waren das alles Kleinigkeiten. Ihr erschien es wie die Besteigung des höchsten Berges, den sie kannte. Eigentlich noch schlimmer, denn der Berg namens Jack bewegte sich auch noch und hatte seinen eigenen Kopf. Anne nahm ihren Mut zusammen

und schwang sich auf den Pferderücken.

Als wäre das nicht schon genug, legte Kaulder seine Hand auf ihren Oberschenkel, knapp oberhalb ihres Knies, vermutlich um sie zu stützen. Doch Annes Muskeln gefroren regelrecht. Er berührte sie. Und auch noch dort, an dieser Stelle, die wie auf Knopfdruck grässliche Erinnerungen in ihr heraufbeschwor. Unter der Wärme seiner Hand verspannte sie sich und presste dadurch die Beine immer mehr zusammen.

Jack wurde unruhig und lief los. Kaulder hielt ihn zurück, doch das Tier war völlig verwirrt und tänzelte und hüpfte um seinen Führer herum, der verzweifelt versuchte, Anne nicht loszulassen. Er spürte die Anspannung ihres Muskels und stellte mit Schrecken fest, dass sie Jack die Fersen in die Flanken presste.

"Anne, entspann dich! Lass die Beine locker! Du treibst ihn an!", rief er, jedoch ohne Erfolg. Anne krallte sich in die Mähne und lag mit dem Oberkörper halb auf Jacks Hals, um nicht das Gleichgewicht zu verlieren.

Kaulder stolperte über einen Stamm als Jack ihn zur Seite drückte, und konnte Anne nicht mehr halten. Er hielt die Zügel vehement fest, doch ehe er sich wieder fangen konnte, hörte Jack auf nach vorne zu drängen und blieb schließlich stehen. Außer Atem und erschrocken sah Kaulder Anne an.

"Du darfst ihm nicht deine Beine reinpressen!", schimpfte er, "das bedeutet doch für ihn, dass er loslaufen soll! Du musst tun, was ich sage, und wenn ich sage, entspannen, dann mach es gefälligst!"

Schon im nächsten Moment bereute er seinen Ton, doch er hatte die Angst in ihren Augen gesehen und die Sorge um sie hatte ihn aufgebracht. Bestürzt sah er, wie eine Träne über ihre Wange kullerte. *Das hast du ja super hingekriegt!* Es war völlig ungewohnt für ihn, dass er sie so leicht aus der Fassung bringen konnte, doch das Vorkommnis, vor dessen schlimmem Ende er sie bewahrt hatte, saß ihr wohl noch tief in den Knochen.

"Tut... tut mir leid", sagte er und ging zu ihr. „Ich hab dich jetzt wieder." Kaulder legte wieder seine Hand auf ihren Oberschenkel, diesmal fester, um ihr mehr Sicherheit zu geben. Er spürte, wie sie sich erneut verspannte und erkannte erstaunt, dass es etwas mit seiner Berührung zu tun haben musste. Langsam nahm er seine Hand wieder weg und es war unverkennbar, dass sie sich augenblicklich entspannte.

„Soll ich meine Hand wegnehmen?", fragte er ungläubig, auch wenn die Antwort nicht zu übersehen war.

Annes Nicken war beinahe schon energisch. Kaulder war bestürzt und er konnte nicht anders, ihre vehemente Zurückweisung verletzte ihn. Wohl hatte er sich das selbst zuzuschreiben, denn er war alles andere als freundlich zu ihr gewesen, seit sie sich kannten.

„Ist es wegen der Sache im Zelt?", fragte er.

„Ja", presste sie hervor und schloss die Augen wie um sich zu beruhigen.

Er schlug den Blick nieder und hätte sich am liebsten noch einhundert Mal verprügeln lassen für seine Dummheit.

„Anne, wenn ich es rückgängig machen könnte, würde

ich es sofort tun. Ich bin ein Idiot, ich…"

„Lass uns weitermachen", unterbrach sie ihn und richtete ihren Blick aus dem Wald hinaus. Sie sah ihn nicht an. Das versetzte ihm sogleich einen weiteren Stich. Womöglich hatte er bei ihr alle seine Karten unwiederbringlich verspielt. Er überlegte sich, ob er das Thema noch einmal aufgreifen sollte, hielt es aber für besser, ihrer Aufforderung Folge zu leisten. Nun hatte er sich zum zweiten Mal entschuldigt, im Moment konnte er nicht mehr tun als zu hoffen, dass sie ihm irgendwann verzieh.

Auf ihrem Rückweg zum Zeltlager gab er ihr nur die nötigsten Tipps und Anleitungen. Sie setzte seine Anweisungen um, antwortete ihm jedoch kein einziges Mal. Die Stimmung war angespannt und ihm fiel nichts ein, wie er das Eis hätte brechen können. Angekommen an ihrem Ausgangspunkt, verabschiedete er sich niedergeschlagen und knapp von Anne und blieb mit Jack zurück.

„Du siehst bedrückt aus." Mason lehnte sich in seinem Stuhl zurück und überkreuzte die Stiefel auf seinem Schreibtisch.

Anne saß wie so oft nach einer erfolgreichen Show in seinem Zelt. Sie legte den Kopf zur Seite und verzog den Mund. „Männer", seufzte sie und schüttelte den Kopf.

Mason lachte laut auf: „Pah, ich hab noch nie einen Mann in deiner Nähe gesehen. Die sabbern nur alle aus der Ferne. Solange du das Ding da dabei hast und deinen bösen Blick auflegst, wird es keiner wagen sich auf

zehn Schritte zu nähern."

Schön wär's, dachte Anne resigniert. Es ließ ihr keine Ruhe, dass Kaulder ihr Geheimnis ein Stück weit enthüllt hatte. Sie war jetzt verletzlich vor ihm und sie traute ihm immer noch so wenig, dass sie sich sicher war, dass er es im Zweifelsfall gegen sie verwenden würde. Mit jedem kleinen Bisschen dieses Wissens konnte er sie innerhalb von wenigen Sekunden zurück in die Hölle schicken, aus der sie so mühsam hervorgekrochen war.

Mason sah sie durchdringend an und zwang sie somit zu einer Antwort. „Dann hoffe ich, dass das auch zukünftig so bleibt", meinte sie.

„Du bist eines der wichtigsten Mitglieder in meiner Show, wenn nicht sogar *das* Wichtigste. Wenn dein Revolver nicht ausreicht, bin da immer noch ich."

„Danke Mason", lächelte Anne. Wenn sie sich auf einen verlassen konnte, dann auf ihn. Sie hatte auch ihm nichts von ihrer Vorgeschichte erzählt und er hatte auch nie danach gefragt. Natürlich hatte sie ihm nicht ihr gesamtes Vertrauen zu Füßen gelegt, dazu war sie nicht imstande, doch er genoss weit mehr davon als irgendwer sonst. Und das bedeutete ihr viel.

Anne fragte nachdenklich: „Weißt du, was Kaulder gemacht hat, bevor er zu dir kam?"

„Soviel ich weiß, war er Goldgräber. Warum fragst du?"

Sie nickte, schließlich wusste sie das bereits. „Ich frage mich, warum er so ist, wie er ist."

„Du meinst seinen ausschweifenden Lebensstil?"

Anne nickte.

„Keinen Schimmer. Er war schon so, als er hier anfing."

„Warum hast du ihn als Leibwächter ausgesucht? Ich meine, er ist die meiste Zeit betrunken oder bereits von seinen Schlägereien zur Genüge gebeutelt."

„Weil er der einzige von diesem ganzen Haufen ist, bei dem ich glaube, dass er mich im Zweifelsfall wirklich schützen würde. Den anderen traue ich nicht über den Weg. Brick ist ein ungehobelter Klotz, Chang würde ich nicht mal meine Katze anvertrauen und Mick ist zu gutgläubig. Und von den schäbigen Helfern brauche ich gar nicht anzufangen."

„Hm."

Anne hatte den Blick gesenkt und Mason musterte sie: „Wieso interessiert du dich für ihn?"

Da Mason der einzige war, dem sie in diesem ganzen Haufen vertraute, hatte sie ihm bereits die ein oder andere Kleinigkeit offenbart. So entschied sie auch jetzt, ihm die Wahrheit zu sagen: „Er hat heute den zweiten Abend in Folge nicht getrunken und nicht geboxt – und ich glaube, ich habe auch keine Frau bei ihm gesehen." Sie lachte. „Das hat mich zum Nachdenken gebracht."

Ihr Gegenüber fuhr sich durch das zurückgekämmte, rabenschwarze Haar: „Zugegeben, ich hab ihn noch keinen Tag nüchtern erlebt, aber ich würde nicht allzu viel hineininterpretieren. Er ist ein Freigeist, morgen ist wieder alles beim Alten."

Entflohen

Doch Mason behielt nicht Recht. Auch am nächsten Tag war Kaulder nüchtern, ebenso wie an den folgenden drei Tagen. Und so stand er mit Jack vor Annes Zelt und sah nicht so aus als würde er freiwillig wieder gehen. Nach ihrem letzten unglücklichen Reitunterricht hatten sie kaum ein Wort gesprochen, was vor allem Anne geschuldet war, die ihm wo sie nur konnte aus dem Weg gegangen war. Doch jetzt saß sie in der Falle und Kaulder würde nicht mehr lockerlassen.

„Jack und ich haben verdammt lange Zeit. Ist ein herrlicher Tag heute. Wüsstest du, wenn du rauskommen würdest."

Er verschränkte die Arme vor der Brust, stand breitbeinig da und hatte nicht vor, aufzugeben. Heute kam sie ihm nicht mehr davon, sonst würde er noch durchdrehen. So blöd es sich anhörte, schließlich lebten sie ja nicht weit voneinander entfernt und sahen sich täglich, doch er vermisste sie.

Von drinnen kam kein Laut.

„Na komm schon, Anne. Du kannst mich auch wieder anschnauzen." *Bitte, bitte, schnauz mich wieder an*, dachte er, *das ist mir Tausend Mal lieber, als deine Ignoranz.* „Lass uns wieder streiten, wenn dir das lieber ist. Ich bin auch wieder ein Arschloch." *Gott, ich mache mich hier wirklich zum Idioten!*

Es kam noch immer keine Reaktion und Kaulder war sich wirklich nicht sicher, ob er den größeren Dickschä-

del haben würde. Anne konnte verdammt stur sein, das wusste er.

„Ich will einen Sattel. Und wehe du bist ein Arschloch, ich hab mich gerade an den neuen Kaulder gewöhnt."

Anne schlug den Eingang ihres Zeltes zurück und kam mit verschränkten Armen heraus. Auch wenn ihm nicht gefiel, was er dort las, so fühlte es sich unendlich gut an, dass sie ihm wieder in die Augen sah. Es war zwar unverkennbar, dass sie sich nicht sicher war, ob sie das Richtige tat, doch er nahm sich fest vor es ihr zu beweisen.

„Das eine lässt sich einrichten, aber der Sattel bleibt noch tabu."

Sie verdrehte die Augen: „*Wieso denn?*"

„Vertrau mir einfach."

„Ungern", knurrte sie und ging zu Jack, der mit gespitzten Ohren ihre Hände beschnüffelte. Kaulder lächelte zufrieden. Den ersten Schritt hatte er geschafft. Es bestand der feine Hauch einer Verbindung zwischen den beiden.

„Also?", fragte sie und quittierte sein Lächeln, das beinahe schon ein Grinsen war, mit hochgezogenen Augenbrauen

„Rauf mit dir." Er ging in die Hocke und verschränkte seine Hände ineinander, um sie hineinsteigen zu lassen.

Sie machte große Augen: „Sicher?"

„Na klar, so macht man das."

Anne hob ihren Fuß und warf einen Blick über die Schulter auf ihre staubige Sohle. *Na gut, wenn er das so*

will, schien sie ihrem Blick nach zu denken, ehe sie ihren Stiefel in seine Handflächen stellte.

„Auf drei“, wies er an, doch Anne hievte sich bereits bei „zwei“ nach oben. Das resultierte in einem halben Absturz und Kaulder, der sie gerade noch auf den Pferderücken schob, ehe sie vermutlich beide gestürzt wären. Ohne nachzudenken ließ er seine Hand auf ihrem Oberschenkel verweilen, doch noch bevor er ihren Beinahe-Absturz kommentieren konnte, spürte e, dass sie sich wie letztes Mal im Wald verspannte.

Er nahm seine Hand weg. „Entschuldige“, räusperte er sich.

Wenn du so weiter machst, steigt sie gleich wieder ab, warnte er sich selbst.

„Also“, fuhr er schnell fort um die unangenehme Situation zu überspielen, „ich nehme dich heute an eine lange Leine und wir trainieren deinen Sitz.“

Das ließ Entspannung bei ihr aufkeimen – lange Leine, das hieß *viel* Abstand zwischen ihnen beiden. Kaulder führte sie auf die offene Fläche hinter den Zelten hinaus, wo sie Jack vor einigen Tagen bereits geputzt und Kaulder sich vom Pferd hatte fallen lassen. Dort schickte er das Pferd hinaus und gab Anne Tipps für einen besseren Sitz in der langsamsten Gangart.

„Fühlst du dich sicher?“

„Ja“, lächelte sie zu ihm hinüber.

„Gut, dann lass uns traben. Lehn dich leicht nach hinten für den Anfang, dann tust du dich leichter.“

Auf Kaulders Schnalzen hin kam Bewegung in Jack. Sogleich wippte der Pferderücken gleichmäßig und An-

nes Haare wallten im Takt. Abgesehen von ein paar wenigen Wacklern saß sie sicher und Kaulder konnte nicht anders als ihren Anblick im goldgelben Sonnenschein zu bewundern. Sie war, gelinde gesagt, wunderschön.

„Pause, Kaulder, ich brauch eine Pause", rief sie in einem Ton, der ihm zeigte, dass er sie offenbar bereits einmal überhört haben musste.

„Oh, entschuldige. Woah, Jack, langsam", brachte er das Pferd zurück in den Schritt.

Er ließ ihr eine Weile um zu Atem zu kommen, ehe sie sich an den Galopp wagten. Anne flog regelrecht auf Jack im Kreis um ihn herum und konnte ihr Grinsen nicht verbergen. Ja, es schien ihr Spaß zu machen und die Angst wart wie weggeblasen!

„Du machst das gut!"

Anne lachte und rief: „Es ist wirklich toll! Ich hätte nie gedacht, dass ich mich ohne einen Sattel so sicher fühlen könnte!"

Kaulder ließ sie noch ein paar Runden galoppieren, ehe er Jack parierte und ihn zu sich holte. Anne strahlte über das ganze Gesicht. Seit sie ihm zum ersten Mal begegnet war, hatte er sie noch nie so fröhlich gesehen.

„Na los, runter mit dir", grinste er.

Anne schwang ihr Bein über den Pferderücken und landete sicher neben ihm auf den Boden.

„Gehen wir noch eine Runde?", fragte er.

„Gerne."

Ein kühler Wind schwächte die Kraft der Sonne ab und ließ in der Ferne einen Steppenläufer über den

vertrockneten Boden rollen. Es war keine einzige Wolke am Himmel, wodurch das strahlende Blau einen harten Kontrast zum Rotbraun der Erde gab.

Nicht weit vom Lager entfernt erreichten sie einige rote Felsen und Kaulder meinte mit einem geheimnisvollen Blick: „Komm mit, ich zeig' dir was."

Sie schlängelten sich mit Jack an einigen der Felsbrocken vorbei, ehe sie auf ein kleines Plateau hinaustraten. Es ragte viele Meter über dem Boden auf das karge Land hinaus und gewährte einen herrlichen Ausblick über die Weite, die vor ihnen lag. Kaulder band Jack an einem vertrockneten Baum an und trat an den Rand des Felsvorsprungs. Behände setzte er sich und ließ die Beine im Freien hängen.

Anne blickte etwas skeptisch hinab, ehe sie wie so oft ihren Mut zusammennahm und sich neben ihn setzte. Sie betrachtete ihre Stiefelspitzen, die über dem Nichts baumelten, und genoss den erfrischenden Wind, der hier noch stärker wehte als auf dem Flachland.

„Du warst heute wirklich gut", lächelte Kaulder anerkennend.

„Danke. Ich habe auch einen guten Lehrer."

„Du hast schön ausgesehen auf dem Pferd."

Erschrocken blickte sie Kaulder an. Er lächelte sie freundlich und ohne jeden Argwohn an, was ihrer Angst den Boden nahm. Noch leugnete sie es vor sich selbst, doch das Geheimnis um Kaulders schlagartigen Wandel ließ ihr keine Ruhe und so erwiderte sie seinen Blick mit allem Mut, den sie aufbringen konnte.

„Warum hast du aufgehört zu trinken?"

Kaulders Kiefermuskeln spannten sich an und sein Blick wanderte forschend zwischen ihren beiden jadegrünen Augen hin und her.

„Als ich dich in jener Nacht so harsch angepackt habe, wurde mir klar, dass ich so nicht weitermachen konnte."

Annes skeptischer Blick ließ ihn diesen hinterfragen: „Was?"

„Tut mir leid", sagte sie vorsichtig, „aber ich kann mir nicht vorstellen, dass ich die Erste war."

Kaulder lächelte beschämt und schlug den Blick nieder auf seine Hände, ehe er auf den Horizont hinausblickte.

„Du warst die Erste, glaub mir. Ich habe noch nie eine Frau angefasst, die das nicht auch wollte. Und bis vor einigen Tagen hätte ich auch noch gesagt, dass ich es nie tun würde."

Ob es ihr gefiel oder nicht, sie glaubte ihm.

„Aber du", fuhr er fort, „mit dir ist alles anders."

Unbehagen ergriff Anne. „Wie meinst du das?"

Kaulder bemerkte ihre Unruhe und wollte diese mit einem beruhigenden Lächeln hinwegfegen. Er streckte seine Hand nach ihrem Gesicht aus und versuchte ihr Zurückweichen nicht sofort als Abweisung zu werten. Vorsichtig strich er eine ihrer widerspenstigen, roten Haarsträhnen hinter ihr Ohr. Anne schlang ihre Arme um ihren Bauch und wandte ihre Wange ab. Er kannte diese Geste, das letzte Mal hatte sie ihre Arme um ihren Bauch geschlungen, als sie in seinem Zelt geweint hatte.

„Was kann ich tun, dass du nicht mehr solche Angst vor mir hast?"

Anne biss die Kiefer aufeinander und sah ihn nicht mehr an.

„Anne, bitte sag doch etwas."

„Nichts", stieß sie hervor.

„Wie nichts?"

„Du kannst *nichts* tun."

„Anne", sagte er beinah schon flehend, „ich habe mich in dich verliebt. Schon am ersten Tag, als du hier mit Mason angekommen bist. Du verdrehst mir den Kopf, ich denke den ganzen Tag an dich, ich…"

Anne sprang unwirsch auf, breitete die Arme mit den Handflächen nach vorne aus, als wolle sie ihn zum Kampf herausfordern.

„Du kannst nichts tun, okay? Du kannst nichts tun, weil es nichts mit dir zu tun hat! Du kannst nichts daran ändern, wie ich bin oder wer ich bin, ich kann es ja nicht mal selbst!"

Tränen rannen über ihr Gesicht und als sie zu schluchzen begann, schlang sie abermals ihre Arme um ihren Bauch. Langsam stand Kaulder auf.

„Anne, bitte, ich…"

Doch er kam nicht mehr zu Wort. Sie stürmte davon.

„Anne!", rief er ihr hinterher, „was soll das heißen, verdammt?!"

Er warf die Arme in die Luft, doch sie sah ihn natürlich nicht. Sie wandte sich nicht um. Sie ließ ihn einfach dort stehen. Er konnte sich nicht erinnern, sich je in seinem Leben so gekränkt gefühlt zu haben. So verletzt. Doch gleichzeitig wollte ein Teil in ihm es so noch nicht akzeptieren.

Alleine stand er da und blickte ihr hinterher, ehe sie zwischen den Felsen verschwand.

Sie verbirgt etwas vor mir.

Und mit Gottes Hilfe werde ich herausfinden, was.

Der folgende Tag war Annes persönliche Hölle. Sie musste verflucht sein! Es begann damit, dass sie Kaulder während einer von Masons Besprechungen gegenübersaß. Dass alleine wäre noch nicht tragisch gewesen, doch er hörte nicht auf, sie anzusehen. Sie spürte seinen brennenden Blick ununterbrochen auf sich ruhen, was ihr nach einigen Minuten Hitzewallungen bereitete und ihr jegliche Konzentrationsfähigkeit raubte. Mason schwärmte vor sich hin, ließ die letzten Shows mit den neuen Einlagen begeistert Revue passieren und gab einige kleinere Neuerungen bekannt. Doch sie bekam von all dem nichts mit, sie war mit ihren Gedanken weiß Gott wo anders.

Was Kaulder gestern gesagt hatte machte ihr Angst. Es machte ihr sogar unglaubliche Angst und die Gründe dafür waren zahlreich. Doch am allermeisten fürchtete sie das, was sie ganz tief in sich spürte. Dieses Gefühl war dort schon sehr, sehr lange, doch nur langsam begriff sie, was es bedeutete. Und das machte es um ein vielfaches schlimmer...

Mason und Kaulder verstrickten sich in eine Diskussion darüber, ob sie mit ihren waghalsigen Stunts noch weiter gehen sollten oder nicht. Anne bekam nicht mit, worum es im Detail ging. Sie nutzte die Chance, in der Kaulder abgelenkt war, und musterte ihn verstohlen.

Während Mason stets entweder einer begeisterten oder einer wütenden Dampflock glich, saß Kaulder lässig und mit gespreizten Beinen auf seinem Stuhl, einen Ellbogen hatte er über die Lehne gelegt.

Er hatte sich so sehr verändert, wie sie zum wiederholten Male feststellte. Die blauen Flecken und Schrammen von den Schlägereien klangen nach und nach ab, ebenso wie die Rötungen, die der Alkohol hinterließ. Sein Blick war klarer und kam ihr so viel durchdringender vor, als noch vor einigen Wochen. Er trug saubere Klamotten, die nicht von den Kämpfen zerrissen und verdreckt waren und achtete offensichtlich mehr auf sein Äußeres. Obwohl er völlig entspannt war, traten die Muskeln an seinen Armen deutlich hervor und bewegten sich wenn er gestikulierte, was Anne beinahe erröten ließ.

Sie zwang sich, sich wieder auf das laufende Gespräch zu konzentrieren, hatte ihren Einsatz jedoch offensichtlich bereits verpasst. Alle blickten sie an und Kaulder lächelte belustigt.

"Na dann los, an die Arbeit!", wies Mason an und klatschte in die Hände.

Die kleine Menge verflüchtigte sich schleppend und lediglich Kaulder und Anne blieben zurück. Sie hatte nicht gehört, was beschlossen worden war und ihr schwante, dass es etwas mit ihr zu tun hatte - und Kaulder. Er war aufgestanden und schlenderte amüsiert auf sie zu, während sie nicht vorhatte, aufzustehen.

"Wo bist du denn mit deinen Gedanken, Schätzchen?", er grinste sie selbstherrlich an, doch sein Lächeln

hatte seit Längerem seine abschreckende Überheblichkeit verloren.

"Das wirst du nie erfahren", statuierte sie und zwang sich, ihm herausfordernd in seine blauen Augen zu sehen.

"Zu schade", grinste er und bot ihr den Arm zum Einhaken an, "dann wirst du auch nicht erfahren, wo wir jetzt hingehen."

"Uninteressant. Ich habe nicht vor, irgendwo mit dir hinzugehen."

"Du hast leider keine Wahl, hättest du mich nicht in Gedanken meiner Klamotten entledigt, wüsstest du, dass wir eine Anweisung von Mason bekommen haben."

Anne konnte nicht anders als rot zu werden. Sie fühlte sich ertappt und fragte sich, ob er bluffte oder ihren Blick vorhin tatsächlich bemerkt hatte? Doch er ließ nichts durchscheinen und hielt sein unerschütterliches Lächeln aufrecht, das kurzzeitig noch ein Stück breiter wurde.

"Und der wäre?", fragte sie und verschränkte die Arme vor der Brust.

"Du sollst mir beim Beschlagen helfen."

"Pferde beschlagen? Das kann doch einer der Helfer machen, das hat er sicherlich nicht *mir* aufgetragen."

"Oh doch, das hat er. Du kannst ihn gerne fragen." Er machte eine einladende Geste in die Richtung, in der Masons Zelt stand.

Anne wollte soeben aufstehen, als er sie mit erhobenen Augenbrauen und verwarnendem Finger zurück auf ihren Stuhl sinken ließ. "Warte, bevor du dich vor

Freude überschlägst - danach sollen wir das Schießen auf dem Pferd üben."

"Was?", fragte sie entgeistert, "wie kommt er denn darauf? Seit wann sagt er mir, was ich üben soll?"

Kaulder hörte nicht auf zu lächeln: "Er hat das mit dem Reitunterricht mitbekommen und daraus war schnell eine neue Idee für die Show geboren. Du weißt ja, wie er ist. Wüsstest du übrigens auch, wenn du zugehört hättest."

Anne atmete tief ein und aus. "Wir sollen den ganzen verdammten Tag miteinander verbringen?"

"Sieht so aus. Problem damit?"

Sie antwortete nicht und stürmte nur mit einem Grollen an ihm vorbei. Na, das konnte ja heiter werden! Sie hoffte, dass er den Colt im Gürtel hinter ihrem Rücken gut sehen konnte und sich hüten würde, sich ihr zu nähern, denn sie würde sich nicht scheuen, Gebrauch davon zu machen. Das wusste er. Sie versuchte sich klar zu machen, dass sie genauso mit ihm umspringen konnte wie früher - es hatte sich doch nichts verändert. Oder?

Sie gingen zu den provisorisch errichteten Paddocks, in denen die Pferde untergebracht waren, und Anne wartete, bis Kaulder eines von ihnen herausgeholt hatte.

"Wieso brauchst du dafür überhaupt Hilfe?", fragte sie schnippisch, "kann ein guter Hufschmied das nicht alleine?"

"Möglich", grinste er, "aber mit dir macht es doch erheblich mehr Spaß."

"Ob du dich da mal nicht täuschst."

Er zog sich einen festen Lederbeinschutz an, der ihn

vor Schnitten schützte, und stellte einige Werkzeuge bereit, ehe er sich mit einem Bein hinkniete und zu Anne aufsah.

"Würdest du mir bitte das Bein aufhalten?"

Er trieb sie in den Wahnsinn mit seiner Freundlichkeit. Doch sie wollte ihm den Triumpf nicht gönnen, sie aus der Reserve zu locken und so bückte sie sich, um das Bein des Pferdes aufzuheben. Die Seite ihres Körpers berührte die warmen Muskeln der Pferdeschulter, während ihre Hände die Fessel und den Huf umschlossen. Kaulder platzierte den Huf auf seinem Knie und stützte ihn mit einer Hand seitlich. Ihre Finger berührten sich kurz. Es war wie ein brennender Feuerstoß, der durch Anne fuhr. Sie zog ihre Finger zurück und starrte nahezu krampfhaft auf den Huf, um Kaulder zu ignorieren, der forschend zu ihr aufsah.

Auf ihre Abweisung hin begann er den Huf des Pferdes mit einem scharfen Messer zu bearbeiten. Hornschnipsel fielen zu Boden und Anne kämpfte mit seiner körperlichen Nähe. Ihre Köpfe waren kaum eine Messerlänge voneinander entfernt und wenn sie nicht wie eine Verrückte den Huf anstarrte, war alles, was sich in ihrem Blickfeld befand, Kaulder. Seine großen, rauen Hände, die den Huf umschlossen und die kräftigen Unterarme mit den zurückgekrempelten Hemdsärmeln, ebenso wie sein zerzaustes halblanges Haar und der verwegene Vollbart befanden sich direkt vor ihrer Nase.

Und es machte sie *wahnsinnig*.

Nachdem sie alle vier Hufe fertig bearbeitet hatten, streckte Anne ächzend ihren Rücken durch, während

Kaulder den Ofen für die Eisen anheizte.

„Jetzt weißt du, warum ich nicht alleine arbeite", grinste er.

„Du bist ein gemeiner Kerl", stöhnte sie, während sie ihren Oberkörper von links nach rechts wiegte, um die Starrheit zu lösen.

„Gemein ist von uns beiden ja wohl nur einer", sagte er und sah sie mit hochgezogenen Augenbrauen an.

„Richtig, und der bin nicht ich", konterte sie.

„Gut, dann verbuchen wir Gemeinheit auf mein Konto – deines ist ja schon mit einer riesen Portion Herzlosigkeit belastet."

Sie stieß empört die Luft aus: „Pah, ich habe ein weit größeres Herz, als du dir jemals vorstellen könntest!"

Kaulder nahm ein Eisen aus der Glut und begutachtete es, ehe er es wieder hineinlegte.

„Davon habe ich gestern nicht viel gesehen."

Abermals sah er sie durchdringend an und Anne hätte am liebsten auf dem Absatz kehrt gemacht und wäre davongerannt.

„Davon wirst du auch heute nicht viel zu sehen bekommen", schnauzte sie und verschränkte die Arme vor der Brust. Der Wind flatterte durch ihre Röcke und ließ eine Strähne ihres Haares über ihr Gesicht tanzen, doch sie zuckte nicht mit der Wimper.

„Das hab ich auch nicht erwartet", brummte Kaulder und begann das Eisen auf dem Ambos zurechtzuschlagen. Die Wucht, mit der der Hammer jedes Mal auf das Eisen niedersauste, ließ Annes Unbehagen wachsen. Welcher miese Schöpfer hatte sich ausgedacht, dass

Männer so unglaublich viel Kraft hatten?

Mit einem Nicken gab Kaulder ihr zu verstehen, dass sie den ersten Huf wieder aufheben sollte, als er mit einer Zange, in der er das glühende Hufeisen hielt, auf sie zukam. Anne tat wie geheißen und er presste das glühende Metall auf das Horn. Eine stinkende Rauchwolke trennte sie, ehe er das Eisen wieder abnahm und zurück zum Amboss ging, wo er es abermals bearbeitete.

Anne stellte – und es überraschte sie wirklich – fest, dass er offensichtlich wütend war. Ein Mann, der sie liebte und stocksauer war – eine Mischung, die ihr nicht wirklich behagte.

Kaulder kam zurück und packte den Huf von unten, ehe er das noch immer heiße Eisen festnageln würde. Er umschloss dabei Annes Finger so fest, dass sie sich ihm nicht entziehen konnte. Sie zog daran, doch er schien sich vollkommen auf seine Arbeit zu konzentrieren. Als sie den ersten Schlag des Hammers durch das Pferdebein vibrieren spürte, schnürte es ihr den Hals zu. Panisch riss sie sich los. Das Pferd erschrak durch ihre ruckartige Bewegung und Kaulder sprang mit einem wütenden Aufschrei zurück.

Er hielt sich die Hand und machte sich sogleich daran, das Pferd zu beruhigen, an dessen Huf das halb festgenagelte Eisen baumelte. Schnell zerrte er es mit einer Eisenstange wieder herunter und warf im Aufstehen das klirrende Werkzeug aufgebracht von sich. Er funkelte Anne an.

„Was soll das, zur Hölle?“

Sein Blick fiel auf ihren Arm, den sie hinter ihrem

Rücken hielt. Ganz automatisch hatte sie nach ihrem Revolver gegriffen. Langsam ließ sie ihre Hand wieder hervorkommen und sah ihn mit aufgerissenen Augen an.

„Was – ernsthaft? Du hast nach deinem Revolver gegriffen? Wegen dieser klitzekleinen Berührung? Dachtest du, ich schneide dir deine hübschen Finger ab und hänge sie mir vor lauter Liebestollheit um den Hals?"

Eine beängstigende Zornesfalte bildete sich auf seiner Stirn und seine Augen glitzerten nur so vor Wutfunken.

„Ich…", stammelte sie.

„Herrgott, warum weinst du denn schon wieder? Ich habe dir doch überhaupt nichts getan. Was ist nur mit dir los?", fragte er verzweifelt und ließ die Schultern hängen. Sein Ausdruck wurde milder und Anne schaffte es endlich, weitere Tränen zurückzuhalten.

Kaulder kam auf sie zu und beobachtete sie durchringend. Er streckte eine Hand nach ihr aus. Sie wich ihm aus.

„Anne, wenn es immer noch wegen diesem dummen Vorfall ist – ich werde so etwas nie, nie wieder tun. Und ich bin seit einer gottverdammten Woche nüchtern, was brauchst du noch als Beweis?"

„Es… es hat nichts mit dir zu tun, okay?"

„Nein, klar, es hat nichts mit mir zu tun. Ich bin es nur, vor dem du zurückweichst, wenn er dich berühren will, vor dem du davonläufst, wenn er dir zu nahe kommt und bei dem du ständig zu weinen anfängst." Er zog die Augenbrauen hoch.

Anne sagte nichts.

Er schüttelte den Kopf: „Du bist das verrückteste Weibsbild, das mir je untergekommen ist und weiß Gott ich bin nicht stolz darauf, aber das soll was heißen." Als sie immer noch nichts sagte und beklommen vor ihm stand, nickte er in Richtung des Pferdes: „Los, machen wir weiter."

Sie verpassten dem Pferd vier neue Eisen und Kaulder passte offenbar akribisch darauf auf, Anne nicht mehr zu berühren. Während all der Zeit sprachen sie kaum mehr ein Wort miteinander und sahen sich auch kaum mehr an. Annes Herz fühlte sich furchtbar schwer an. Wenig begeistert stellte sie fest, dass es ihr furchtbar leid tat, ihn so abzuspeisen und ihm so... ja, *weh* zu tun.

„Mick, komm mit, wir brauchen kurz deine Hilfe", bat Kaulder den Peitschen- und Lassomann der Show, während er mit Anne zur Showfläche ging. Es dämmerte bereits.

„Alles klar", willigte dieser ein und schloss sich ihnen an. Jack trottete gemächlich hinter Kaulder her und Anne folgte angespannt. Auf dem Showplatz angekommen wies er sie schroff an, aufzusteigen. Er fühlte sich, als würde es ihn jede Sekunde zerreißen, die er in ihrer Nähe verbrachte. Doch noch wollte er nicht aufgeben. Er hatte einen Plan.

Anne schwang sich in den Sattel.

„Gut, ich gebe von hier aus Anweisungen, Mick wird dich unterstützen", verkündete er und auch wenn es nur ein klitzekleines Zeichen war so erleichterte ihn das erschrockene Aufblitzen in ihren Augen. Trotzdem wi-

dersprach sie ihm nicht und ritt los.

„Nimm den rechten Fuß aus dem Steigbügel und die rechte Hand ans Horn. Dann lässt du dich langsam seitlich vom Pferd rutschen und ziehst mit der freien linken Hand den Revolver. Mick, du hältst sie, damit sie nicht stürzt."

Showdown. Jetzt würde sich zeigen, ob seine Vermutung sich bestätigte oder er in ihren Augen wirklich ein mieses Arschloch war. Langsam und vorsichtig setzte Anne seine Anweisungen um. Jack stapfte sanft dahin und Mick streckte die Arme aus, um sie im Notfall zu fangen. Er berührte sie nicht. Noch nicht. Doch als Jack plötzlich mit seinem Huf in ein kleines Erdloch trat und stolperte, kam Anne ins Rutschen. Sofort griff Mick nach ihr. Ein Ruck ging durch Annes Körper. Sogleich mobilisierte sie all ihre Kräfte und zog sich panisch zurück in den Sattel.

„Danke Mick, das reicht. Du hast uns genug geholfen."

„Was, das war's schon?", fragte er ungläubig.

„Ja," bestätigte Kaulder und warf Mick einen Blick zu, der ihn keine weiteren Fragen stellen ließ. Unter all den unangenehmen Gesellen hier war er der einzige, den er wirklich mochte. Er sah verwirrt drein, zuckte jedoch gleichgültig die Schultern und stapfte davon.

Kaulder musterte Anne unverhohlen und glaubte, langsam zu verstehen, was hier vor sich ging. Jack hielt an und Anne saß wie erstarrt im Sattel.

Die Sonne lugte nur noch einen Strich breit über dem Horizont hervor und tauchte sie in gräuliches Licht.

Kaulder ging zu Anne, die die Augen geschlossen hielt und ihn schließlich verletzt anblickte: „Das war hinterlistig, weißt du das?"

Er schüttelte ablehnend den Kopf: „Ganz und gar nicht. Du willst mir ja nicht sagen, was das Problem ist, also musste ich mir selbst Gewissheit verschaffen."

Annes Brustkorb hob sich, als sie tief einatmete und schließlich den Kopf senkte und auf das Sattelhorn starrte.

„Komm, steig ab", sagte er ruhig.

Einen Moment sah es so aus, als würde sie sich notfalls im Sattel festkrallen, wenn er sie herunterzerren würde, doch dann stieg sie schwungvoll ab und blieb mit dem Rücken zu Jack stehen. Er würde sein Pferd verwetten, wenn da nicht ein Hauch Begierde unter all der Angst versteckt lag.

Langsam hob er seine Hand und strich den festen Stoff ihrer Bluse an ihrem Oberarm auf und ab. Es waren nur seine Fingerspitzen, die sie berührten, nicht mehr als ein Kitzeln, doch er sah sofort, wie sie sich verspannte. Sie presste ihre Arme an ihren Körper und es war kaum noch zu erkennen, ob sie atmete.

Er ließ seine Hand wieder sinken und sah sie traurig an: „Ich werde dich nicht zwingen, es mir zu erzählen, was auch immer es ist. Hauptsache ich weiß jetzt, dass es nicht an mir liegt."

Anne wandte sich zu ihm um. Ihre Stirn war angstvoll gekräuselt wie bei einem Tier, das in der Falle saß, und in ihrem Blick gab sie einen Abgrund preis, der tiefer war, als er befürchtet hatte.

Redwood – eine Stadt, die Anne zu hassen lernen würde.

Es war der erste Ort, an dem sie eine Show geben würden, an dem sie sich gänzlich unwohl fühlte. Obwohl sie nicht allzu weit von Johnstown entfernt waren, fühlte es sich kein Stück weit wie Heimat an. Die Erde war beinah schwarz und aufgeweicht, da die Stadt an einem See lag. Doch selbst das schimmernde Wasser konnte dem Ort nichts Zauberhaftes verleihen.

Die Straße zwischen den Häuserreihen war nicht als solche zu betiteln, sie glich vielmehr einem langgezogenen Schlammloch und Anne wollte sich nicht vorstellen wie schlimm es erst war, wenn es einmal regnete. Das Holz der Häuser war grau und verblichen, die Fenster verdreckt und undurchsichtig. Die Pferde, die sich durch den Matsch kämpften, oder angebunden auf ihre Besitzer warteten, waren bis zum Bauch hin verdreckt und in der Luft lag ein ekelerregender Geruch nach Moder und Schlimmerem.

Der Zug des Circusses schlug seine Lager in einigem Abstand zur Stadt auf, in der Hoffnung, nicht ebenfalls in kürzester Zeit im Morast zu versinken. Der Aufbau der Zelte und Tribünen ging blitzschnell vonstatten, jeder kannte seine Aufgaben und erledigte seine Jobs routiniert. Anne half freiwillig von Anfang bis Ende bei den Arbeiten, denn sie wollte weiß Gott nicht durch Redwood schlendern. Erstens würde sie einen Gehstock brauchen, um überhaupt vorwärts zu kommen und zweitens gab es dort nichts außer einem General Store,

einem Bordell und einem Saloon. Und selbst diese Einrichtungen waren schäbig, schmutzig und heruntergekommen.

Wie schon während all der Tage auf Reisen sprachen Kaulder und sie wieder einmal kaum ein Wort miteinander. Vermutlich erwartete er etwas von ihr, doch Anne fühlte sich schon beim Gedanken an ihn krank.

Am Abend vor der ersten Show verhielten sich alle seltsam gesittet. Es gab keine Alkoholexzesse, das Feiern am Lagerfeuer fiel ungewöhnlich kurz aus und weit früher als sonst erloschen die letzten Lichter. Anne schlief so entspannt wie schon lange nicht mehr und wünschte sich, dass alle Abende so wären.

Doch nach der ersten Show am darauffolgenden Tag war jeglicher eventuelle Bonus für Redwood hinweggespült. Der ruhige erste Abend war nur die Ruhe vor dem Sturm gewesen, jetzt wurde härter denn je gefeiert. Feuerwasser floss in Strömen, es gab keinen einzigen Mann und keine Frau in der ganzen Stadt, die nüchtern waren.

Bis auf Anne.

Und Kaulder.

„Gottverdammt, Redwood ist das einzige Loch, in dem wir mehr Geld lassen, als wir mitnehmen. Und dafür liebe ich es!", grölte Brick, klopfte Anne übermütig auf die Schulter und lief, beinahe einem kleinen, vorfreudigen Kind gleichend, los in Richtung des Saloons. Er verschwand durch die Schwingtüren und sogleich erschall lautes Gejohle von drinnen. Jetzt wusste sie also, warum sie hier waren. Hier ging es nicht wirk-

lich um den Circus, hier ging es ums Feiern. *Na herrlich!*

Das Chaos begann gerade erst und Anne wollte nicht dabei sein, wenn es sein volles Ausmaß erreichte. Heute würde sie ihren Colt ganz besonders gut verwahren, am Ende rissen die Wahnsinnigen noch das ganze Zeltlager nieder.

Gerade als Anne auf den Holzvorbauten, die die Fußgänger vor dem Morast bewahrten, kehrt machen und zum Zeltlager zurückkehren wollte, erblickte sie Kaulder. Er stand einige Häuser entfernt an die Wand gelehnt. Einen Fuß hatte er gegen das Holz gestützt und womöglich hätte er umwerfend ausgesehen, wäre da nicht dieses kleine Detail gewesen, das Gefühle in Anne aufsteigen ließ, die sie bisher nicht gekannt hatte.

Bei ihm war eine Frau.

Nein, sie war nicht bei ihm, sie *hing* an ihm. Ihre Bluse war unmissverständlich weit geöffnet und Anne hatte das Gefühl, dass sie mindestens fünf Arme haben musste, denn sie berührte ihn ununterbrochen. Übelkeit stieg in Anne auf. Und Wut. *Wieso Wut?*, fragte ihre innere Stimme überrascht, doch Anne hatte keine Zeit darüber nachzudenken. Gerade wedelte die fremde Frau lasziv mit einer Bierflasche vor Kaulders Nase. Offensichtlich wollte sie ihn zum Trinken verführen und es war wie ein kleiner Schock, der Anne durchzuckte. *Nein, er hat doch gerade erst aufgehört...*

Ihrem besorgten und erschrockenen Blick begegnete plötzlich der von Kaulder. Einen Augenblick lang schien das Geschehen um sie herum stillzustehen, ehe es in Zeitlupe weiterlief. Ohne den Blick von Anne zu neh-

men, griff Kaulder nach der Bierflasche. Er setzte sie an seine Lippen, nahm einen Schluck und wandte sich schließlich der Fremden zu. Er legte seinen Arm um ihre Schultern und ging mit ihr auf den Saloon zu. Abermals sah er zu Anne, fast, als erwarte er eine Reaktion von ihr.

Anne riss sich zusammen. Was geschah hier überhaupt? Sie sah Kaulder mit einer Frau, wie schon Dutzende Male zuvor. Nichts Neues. Nichts Besonderes. Und doch drehte sich ihr beinahe der Magen um. Sie musste hier weg. Ehe die beiden den Saloon erreichten, wandte Anne sich um.

„Nach dir, Charlene", war alles was sie noch hörte, als sie die Holzbretter entlangstapfte.

Charlene, wiederholte sie aufgebracht im Geiste, *das kann nur der Name eines Flittchens sein!*

Ausgiebig streckte sich Kaulder vor seinem Zelt. Es war ein verdammt gutes Gefühl, den Morgen ausgeschlafen und ohne Kater zu bestreiten. Die Sonne erhellte das dunkle Loch, welches Redwood war, konnte jedoch nichts von seiner Schäbigkeit vertreiben.

Kaum, dass er die Arme wieder runtergenommen hatte, betatschten schlanke Finger seinen nackten Oberkörper. Er zuckte zusammen und packte Charlenes Arme, als hätte sie ihn verbrannt. Im selben Moment stapfte Anne an ihnen vorbei, die natürlich wie eh und je vor ihm auf den Beinen war.

„Gottverdammt", fluchte er.

Er wusste genau, wie das für Anne aussah. Und er hatte es mit seiner Aktion gestern nicht gerade besser ge-

macht. Sie schwieg ihn seit Tagen an, mied ihn, wo sie nur konnte, als wäre seine Nähe Gift für sie, und wich jedem seiner Blicke aus. Gestern, da hatte er nicht mit Charlene in den Saloon gehen wollen. Und er hatte nichts trinken wollen. Doch als er dann Anne gesehen hatte, war etwas mit ihm durchgegangen.

„Was denn?", fragte Charlene besorgt, „was hab ich getan?"

Kaulder ließ sie mit einem knappen „Nichts" stehen und ging zurück in sein Zelt, um sich anzukleiden. Er hoffte, dass sie nicht mehr dort draußen auf ihn wartete, wenn er wieder hinausging. Doch er hatte kein Glück.

„Was machen wir heute?", fragte sie mit leuchtenden Augen.

Er riss sich zusammen um nicht die Augen zu verdrehen. Wann bitte war aus ihnen ein „Wir" geworden?

„Charlene, was machst du hier eigentlich?"

„Den Tag mit dir verbringen", grinste sie, „also, womit fangen wir an?"

„*Ich* beschlage jetzt eines der Pferde", sagte er und ging an ihr vorbei.

Die Hoffnung, sie würde ihm nicht folgen, war abermals vergeblich. Sie tackelte ihm hinterher wie ein anhängliches Hündchen und redete eindeutig zu viel für seinen Geschmack. Und meistens war es nicht wirklich von Wert, was sie von sich gab. Sie leistete ihm beim Beschlagen der Pferde Gesellschaft, stellte unqualifizierte Fragen und stand ihm die Hälfte der Zeit im Weg. Nicht nur einmal musste er sich vor neuen Annäherungsversuchen retten und jetzt, so nüchtern wie er in

139

letzter Zeit stets war, fragte er sich ernsthaft, wie er sein Leben früher ausgehalten hatte. Er musste wirklich ziemlich weggetreten gewesen sein.

Sonst hättest du dir auch Anne schon längst geschnappt, sagte er zu sich selbst und stellte den letzten, frisch beschlagenen Huf auf den Boden zurück.

Kurz nach Mittag trug Kaulder zwei volle Wasserkübel zu seinem Zelt, um einige seiner Sachen zu reinigen. Das Seeufer war zu sumpfig, um es dort zu machen und vermutlich wären die Sachen, die er trug, danach ebenso verschmutzt. Zu seinem Leidwesen kam er jedoch nicht bis zu seinem Zelt. Charlene lauerte ihm schon wieder auf. Ehe er wusste, wie ihm geschah, hatte sie ihre Lippen auf die seinen gepresst. Kaulder fuhr herum und versuchte, möglichst wenig Wasser zu verschütten während er sie loszuwerden versuchte.

Dieses kleine Biest, dachte er aufgebracht, *die hat nur darauf gewartet, bis ich in jeder Hand einen Wassereimer habe und mich nicht mehr wehren kann.*

„Himmel, Charlene, such' dir einen neuen Liebhaber und lass mich gottverdammt in Ruhe!", schimpfte er aufgebracht und funkelte sie an.

Keine Sekunde später brannte seine Wange, wogegen er sich dank der Wasserkübel abermals nicht wehren konnte. Mit einem Schwall an Flüchen, die jedem schäbigen Säufer alle Ehre gemacht hätten, dampfte Charlene ab. Kaulder stellte die vermaledeiten Eimer ab um sich entnervt übers Gesicht zu fahren. Was für ein Tag! Gerade als er sich bückte um die Eimer wieder aufzunehmen, raste Anne auf Jack an ihm vorbei. Sie war zu

schnell, als dass er ihr noch etwas hinterherrufen hätte können. Hilfe, hatte sie etwa gerade mitangesehen, wie Charlene ihn geküsst hatte? In was für ein Chaos geriet er da nur hinein? Und verdammt nochmal – das war *sein* Pferd!

Was. Für. Ein. Tag.

In diesem Moment war Anne zwar überhaupt nicht nach Dankbarkeit, aber sie war gottverdammt froh, dass Kaulder ihr das Reiten beigebracht hatte. Denn so konnte sie jetzt, ihren Gefühlen gleich, wutentbrannt das Höllenloch namens Redwood hinter sich lassen. Sie hetzte mit Kaulders Pferd durch Wälder, über Wiesen und an den Zuflüssen zum See bei Redwood entlang. Sie hatte sich nicht getraut ein anderes Pferd zu nehmen, denn nur Jack kannte sie und sie vertraute ihm sogar ein Stück weit.

Als wäre gestern Abend nicht schon schlimm genug gewesen, hatte sie der Tag *heute* beinah in den Wahnsinn getrieben! Sie hätte dieser Charlene am liebsten die Augen ausgekratzt und es kostete sie einiges an Beherrschung, jetzt nicht in Tränen auszubrechen. Kaulder hatte sie geküsst, er hatte mit ihr geschlafen, was bedeutete, dass alles, was er je zu ihr gesagt hatte, nichts wert war. Es war lediglich eine vorübergehende Laune gewesen. Eine flüchtige Begierde. Oder noch schlimmer – eine Lüge.

Sie hatte ihr Ziel den ganzen Ritt über im Herzen und doch wusste sie bis zuletzt nicht bewusst, wohin es sie zog. Erst als sie in einiger Entfernung Johnstown ent-

deckte, wusste sie, wo sie war.

So lange Zeit hatte sie diesen Tag hinausgezögert, doch heute war der Moment gekommen. Sie musste heute hier sein, sonst würde ihr Herz zerbersten.

„Hooo, langsam", beruhigte sie Jack, dessen Brustkorb sich schnell ausdehnte und wieder zusammenzog. Seine Nüstern waren weit gebläht und er warf unwillig den Kopf. Sein Körper bebte noch vom Adrenalin ihrer hastigen Reise.

Langsam näherten sie sich einem kleinen Areal, ein gutes Stück außerhalb der Stadt, das aussah wie ein kleiner Garten. Doch es waren keine Blumen, die sich in seinem Inneren befanden. Anne hielt Jack an und sprang auf den Boden. Nahezu andächtig band sie ihn am Zaun an und ging um ihn herum zum Eingang. Langsam und mit dem Gefühl als hielten sie eisige Hände gepackt, schob sie das kleine hölzerne Türchen auf und durch den verfallenen Zaun, der nicht gerade in seinen besten Jahren steckte, ein. Beklommen blickte sie die Reihen der Grabsteine und Holzkreuze entlang.

Irgendwo hier musste John liegen. Begraben.

Anne hatte gar nicht erst fragen brauchen, wo sie John begraben hatten. Tressa hatte ihr mehrmals ans Herz gelegt hier vorbeizukommen. Es war ein Teil Gutmütigkeit und ehrliche Besorgnis und ein weiterer Teil war ihre konservative Einstellung gewesen, in der es sich eben gehörte, dass die Ehefrau eines Verstorbenen sein Grab besuchte, wenn schon nicht die Beerdigung.

Mit pochendem Herzen las sie die Aufschriften. Sie fand das Kreuz, das sie suchte, in einer der hinteren

Reihen.

Sein Name prangte dort ins Holz gebrannt und war noch nicht zu solch Unleserlichkeit verwittert wie die meisten anderen.

Nur ein Holzkreuz, dachte Anne bedrückt und schwor sich, ihm einen würdigeren Grabstein zu besorgen. Ebenso wie sie auch hatte er niemanden, der sich um sein Begräbnis wirklich gekümmert hätte - außer ihr. Seine Eltern waren bereits tot und niemand sonst schien sich die Mühe gemacht zu haben, ihm ein ordentliches Denkmal zu erstellen.

„Oh Gott, es tut mir so leid", hauchte sie und schlug sich die Hand vor den Mund, um ein lautes Schluchzen zu ersticken, ehe sie in Tränen ausbrach. *Ich hätte da sein müssen! Verdammt, ich hätte hier sein sollen!,* überschlugen sich die Selbstvorwürfe in ihrem Inneren, *das hast du nicht verdient, das hast du gottverdammt nicht verdient!*

Sie wusste nicht, wie lange sie dort kniete und weinte. Es fühlte sich an als wären es Stunden, die vergingen. Doch mit jedem Atemzug wurde es schließlich leichter. Jeder Windzug, der mit ihren roten Haaren spielte, war wie ein kleines Stück Aufmunterung.

„Ich vermisse dich, John, ich vermisse dich wirklich", wimmerte sie erschöpft.

Beschämt musste sie sich eingestehen, dass es noch einen anderen Grund gab, weshalb sie hier war. Einen Grund, der sie überhaupt erst hierher geführt hatte, heute. Es hatte keinen Sinn mehr, es zu leugnen oder dagegen anzukämpfen. Selbst ihre Angst konnte die Wucht, die ihre Gefühle angenommen hatten, nicht aufhalten.

„Ich hab mich verliebt, John", wisperte sie.

Kaulder mit einer anderen Frau zu sehen, hatte ihr den Rest gegeben. Womöglich hätte sie es noch ewig verleugnet, ihre Liebe in ein dunkles Eck verbannt und unterdrückt - was gewissermaßen bedeutete, dass sie dieser Charlene womöglich sogar noch Dank schuldete. Wobei – das hing ganz davon ab, wie diese Geschichte ausgehen würde. Womöglich begann von nun an ihr ganz persönliches Fegefeuer.

Fallend

Mit bebendem Herzen stand sie vor Kaulders Zelt. Ihre Augen waren noch leicht geschwollen von den Tränen, doch in der Dunkelheit würde er es hoffentlich nicht bemerken. Sie war jetzt entweder im Begriff das Dümmste oder das Klügste zu tun, was sie je in ihrem Leben getan hatte.

„Kaulder?", rief sie zögernd.

Es war spät, doch er schlief sicherlich noch nicht. Es konnte jedoch gut der Fall sein, dass er nicht hier war. Wenn er bei Charlene war, dann… dann würde sie ihr Vorhaben wohl nie mehr in die Tat umsetzen. Nicht in diesem Leben.

„Lebt mein Pferd noch?", fragte eine Stimme in reserviertem Tonfall hinter ihr.

Anne fuhr herum und sah sich Kaulder gegenüber, der eine Axt auf der Schulter trug und sie musterte.

„Er…", krächzte Anne und räusperte sich, „er ist im Paddock. Es geht ihm gut. Tut… tut mir leid, dass ich… Aber ich hab mich nicht getraut, ein anderes zu nehmen."

Kaulders Blick wurde milder, wenn auch nicht weniger skeptisch.

Ehe er etwas sagen und sie womöglich noch für ihren – streng gesehen – Diebstahl rügen konnte, fasste sie sich holprig ein Herz: „Geh… gehen wir eine Runde?"

Er zog die Augenbrauen hoch. Warum musste er so verdammt lässig aussehen, während sie vom Adrenalin

regelrecht durchflutet wurde?

Kaulder schwang die Axt mit einem kurzen Zwinkern von seiner Schulter, womit er auf ihre erste Reitstunde im Wald anspielte, und lehnte sie zu einem kleinen Stapel Feuerholz, das vor seinem Zelt lag.

„Nach Ihnen", meinte er und ließ Anne den Vortritt, ehe er ihr folgte und zu ihr aufschloss.

Sie gingen eine ganze Weile nebeneinander her. Außer ihren knirschenden Schritten war es nahezu totenstill. Die Nacht war kühl, was nicht nur eine willkommene Abwechslung zu dem sonnigen Tag war, der hinter ihnen lag, sondern auch Annes verheultes Gesicht kühlte und sie Mut schöpfen ließ. *Was habe ich schon zu verlieren*, dachte sie, brachte jedoch kein Wort über die Lippen.

Irgendwann durchbrach Kaulder das Schweigen, wofür Anne ihm einerseits dankbar war, andererseits beschämte es sie. Das hier war *ihr* Spaziergang. *Sie* hatte ihm etwas zu sagen, *sie* sollte das Gespräch beginnen…

„Ist es wegen Charlene?"

Dieser kleine Satz bedeutete in diesem Moment die Welt für sie. *Er hat über mich nachgedacht. Wegen ihr. Er hat an mich gedacht!*

„Liebst du sie?", fragte sie, auch wenn sie glaubte, die Antwort bereits zu kennen.

Kaulder lachte: „Gott, nein. Sie ist… eine alte Bekanntschaft."

„Warum hast du dann mit ihr geschlafen?" Ein Stück weit kam ihr diese Frage irrwitzig vor. Es war stark zu bezweifeln, dass er all die vergangenen Liaisons großartig

in sein Herz geschlossen gehabt hatte.

Er atmete hörbar aus und schloss einen Moment lang die Augen: „Das habe ich nicht."

Jetzt war Anne es, die die Stirn runzelte: „Sah aber ganz danach aus."

„Ich weiß", meinte er und verzog den Mund, „sie stand heute Morgen vor meinem Zelt, kaum dass ich die Augen geöffnet hatte. Dann ist sie mir den ganzen Tag nachgelaufen. Ich war schroff zu ihr, ich war abweisend, ich war gemein, doch dagegen war sie immer schon immun. Sie hat sich immer schon genommen, was sie wollte und ob du mir glaubst oder nicht, der Kuss, den hab ich nicht erwidert und ich hab sie auch seitdem nicht mehr gesehen."

„Das ist entweder eine gut geplante Ausrede oder ein fein einstudierter Text."

Kaulder wollte etwas sagen, doch sie kam ihm zuvor: „Wahrscheinlich bin ich furchtbar blöd und bis über den Horizont hinaus naiv, aber…" Sie sah zu ihm auf: „Ich glaube dir."

„Zu gütig", grinste er und machte eine schalkhafte Verbeugung.

„Idiot", lachte sie und schubste ihn an der Schulter, was ihr sogleich ein Prickeln den Arm hinauf direkt in ihr Herz sandte.

Sie holte tief Luft und war ihm dankbar, dass er die Situation aufgelockert hatte, wie er es schon so oft mit seiner nonchalanten, schalkhaften Art getan hatte. Ein Teil der Anspannung fiel von ihr ab und ihr Herz begann in Anbetracht ihres Vorhabens höher zu schlagen.

„Und wo warst du? Mit meinem Pferd?", fragte er tadelnd.

„Komm drüber hinweg, ich hab ihm kein Haar gekrümmt."

„Das werde ich morgen erst einmal in Augenschein nehmen", grinste er.

Anne verdrehte theatralisch die Augen und schüttelte schmunzelnd den Kopf.

Nach einigen Schritten erklärte sie: „Ich war am Grab meines Mannes. Ich war dort nicht seit… er dort beigesetzt wurde."

„Das…", setzte Kaulder an, doch sie gebot ihm mit einem erhobenen Finger zu schweigen.

„Nicht", sagte sie um sein Mitleid abzuwehren ehe sie ihm in die Augen blickte, „warst du gestern betrunken?"

Er schüttelte den Kopf: „Nein."

„Und das Bier, das du getrunken hast, als…"

„Alles, was ich an diesem Abend getrunken habe, hast du gesehen."

Sie nickte und blickte nach vorne. Mit einem Lächeln ging sie voran, durch ein kleines Waldstück hindurch und hinaus auf eine weitläufige Lichtung. Er folgte ihr und trat schweigend neben sie, den Blick geradeaus auf den schwarzen Rand des Waldes vor ihnen gerichtet.

„Du bist heute so außergewöhnlich mutig", grinste er schließlich, „allein im Dunkeln mit einem Mann, der soeben noch mit einer Axt hinter dir gestanden hat."

Anne seufzte: „Ich kann es selbst kaum glauben, aber ich vertraue dir wohl." Sie lächelte ihn schulterzuckend an.

„Es ist schön, dich lächeln zu sehen", bemerkte er zufrieden und sie sah ihm an, dass er sich zurückhielt und sie nicht berührte, obwohl ihm danach war.

„Wo wir beim Vertrauen sind", fuhr sie fort und holte tief Luft. Jetzt war der Moment gekommen und jetzt würde sie wohl mehr Mut brauchen, als jemals zuvor in ihrem Leben. Sogar mehr Mut, als nötig gewesen war, um Bill zu töten.

„Ich habe dir doch erzählt, dass mein Mann ermordet wurde", begann sie.

„Ja."

„Was ich dir nicht erzählt habe…", ihre Atmung beschleunigte sich und sie schloss die Augen einen Moment, um hereinstürmende Erinnerungen zu verdrängen, „was ich dir nicht erzählt habe, ist, dass ich dabei war. Es war eine räudige Truppe von Mördern und Vergewaltigern. Den ersteren fiel mein Mann zum Opfer, den zweiteren…" Sie brach ab und kämpfte mit den Tränen. *Zeit, du brauchst verdammt lange, um Wunden zu heilen. Wirklich verdammt lange…*

„Um Himmels Willen, Anne, tut mir leid, das…"

„Nicht. Bitte, nicht."

„Ich…"

„Warte, ich bin noch nicht fertig." Jetzt kam der große Streich. Wenn sie gedacht hatte, ihm die Wahrheit über ihre Vergangenheit zu erzählen, wäre schwer gewesen, dann hatte sie sich wohl geirrt. Was jetzt kam, war noch schlimmer.

„Du hast mir mein Herz gestohlen, Kaulder Ross", sagte sie und blickte in der Dunkelheit zu ihm auf, ehe

sie den Blick auf ihre zitternden, verschränkten Finger senkte, „ich war stur genug, es nicht glauben zu wollen, aber ich befürchte, es gehört dir seit dem ersten Tag."

„Anne…"

Abermals ließ sie ihn nicht zu Wort kommen: „Mein Herz und mein Vertrauen sind dir sicher, Kaulder, aber ich…" Ihr ganzer Körper zitterte und sie musste tief Luft holen, um sich zusammenzureißen. „Ich kann dir nicht versprechen, dass ich es schaffe…" Es ging nicht, sie konnte nicht verhindern, dass eine Träne ihre Wange hinabkullerte.

Kaulder hob ihr Kinn sanft an und suchte ihren Blick: „Dass du was schaffst?"

Noch mehr Tränen rannen über ihr Gesicht, als sie die Worte, die ihr so viel Angst bereiteten, hervorpresste: „Mit… mit dir zu schlafen… Ich weiß nicht, ob ich das… *je* kann…"

Kaulder lächelte, doch es erreichte seine Augen nicht. „Und wenn nicht, denkst du, ich will dich nicht?"

Anne schluchzte auf und nahm sich zusammen, mehr als ein Nicken jedoch brachte sie nicht hervor.

Ruckartig wandte er sich von ihr ab und kehrte ihr den Rücken zu. Anne blieb zurück und es fühlte sich an als würde alles in ihr drin zu einem Staubhäufchen zusammenfallen. Das war es also. Er wollte sie nicht mehr. So einfach war das – so einfach waren Männer gestrickt. Plötzlich fühlte sie sich völlig allein und sie machte sich bewusst, wie weit sie auf ihrem Weg aus Satans Domizil bereits gekommen war. Sie würde das nicht schon wieder von einem Mann zerstören lassen, zum Teufel!

Wut packte sie: „Ihr Scheißkerle seid doch alle gleich. Wenn ihr euren Schwanz nirgendwo reinstecken könnt, ist euch eine Frau einen Dreck wert. Schande auf euch, und Schande auf dich…"

Sie kam nicht zum Ende. Kaulder fuhr zu ihr herum und packte sie an den Schultern.

„Hör sofort auf du verdammtes, dummes, Weibsbild!", er schüttelte sie aufgebracht und es musste ihr erschrockener Blick sein, der ihn unvermittelt zurückweichen ließ. „Tut mir leid, ich wollte nicht…"

Anne rieb sich den Arm, der von seinem forschen Griff schmerzte. Er hatte sie so überrascht, dass sie in diesem Moment nicht einmal richtig in Panik geraten hatte können. „Schon gut", meinte sie mit aufeinandergepressten Lippen.

„Sag", mahnte er mit erhobenem Finger, „sag soetwas nie wieder."

Anne wusste nichts zu erwidern.

„Lass uns dort Platz nehmen." Kaulder deutete auf einen umgestürzten Baum, dessen Krone noch in den Ästen der anderen Nadelbäume hing und sich im Laufe der Zeit erstaunlich durchgebogen hatte. Unschlüssig folgte sie ihm und nahm angespannt neben ihm auf dem kühlen Holz Platz. Eine Weile sagte keiner etwas. Jeder schwebte in seiner aufgebrachten Gefühlswelt und versuchte, Ordnung in das Chaos zu bringen.

„Ich würde sehr, sehr gerne mit dir schlafen, Anne", sagte er, „doch wir haben alle Zeit der Welt. Und wenn es nie geschieht, dann sei es so. Hör auf, dir Sorgen zu machen, bitte. Es ist mir nicht wichtig."

Anne lachte künstlich: „Das glaubst du doch selbst nicht."

Kaulder packte abermals ihr Kinn und zwang sie, ihn anzusehen: „Doch, das glaube ich. Und seit ich nicht mehr trinke, kann ich mich selbst auch wieder für voll nehmen. Hin und wieder."

„Welch raffiniertes Wortspiel", lächelte sie.

Mit klopfendem Herzen versank sie in seinem Blick. Ein Prickeln befiel sie. Seine blauen Augen bahnten sich einen Weg durch all ihre Fassaden und schienen bis auf den Grund ihrer Seele blicken zu können. Einen kurzen Moment lang war ihre Angst wie weggeblasen. Einen kurzen Moment lang schien sie nur Anne zu sein, ohne all die fürchterlichen Erlebnisse. Einen Moment lang pressten sich ihre Lippen aufeinander und es glich einer Explosion, die jedoch, statt noch mehr Unordnung zu produzieren, Ordnung in all das Chaos in ihrem Inneren brachte. Es war zart, es war vorsichtig und es war welterschütternd.

Sie lehnte ihre Stirn an seine Brust und Kaulder behielt seine Hand auf ihrem Kopf wie ein schützendes Schild. So sicher und geborgen wie in diesen Augenblicken hatte sie sich seit sehr, sehr langer Zeit nicht mehr gefühlt. Ihre schroffe Art und ihr Revolver hatten ihr nie so viel Sicherheit geben können, wie ein Mensch es tat, dem sie ihr Herz mit allem was dazugehörte, anvertraute.

„Dann fangen wir doch nochmal von vorne an", meinte Kaulder mit einem zuversichtlichen Lächeln.

Er stand neben Anne, die auf Jack saß, und sah zu ihr hoch: „Diesmal ohne den armen Mick. Nur ich werde dich anfassen."

Anne schien das Herz in den Kopf zu steigen, wo es lautstark pochte, sodass ihre Ohren rauschten. Teils aus Angst, teils wegen dem, was seine Worte in ihrem Körper auslösten. *Nur ich werde dich anfassen.* Zum Himmel und zur Hölle, das war es, wovor sie sich am meisten auf der Welt fürchtete und alles, wonach sie sich am meisten sehnte. Dass er sie berührte. Dass er sie liebte. Dass er all die zerbrochenen Stücke ihres Selbst wieder zusammenfügte. Dass er sie wieder ganz machte. Und dass er die Zeit war, die ihre Wunden endlich heilte.

Oh, sie hoffte, dass er all das nicht aus ihrem Blickkontakt lesen konnte, der eindeutig länger anhielt, als er müsste. Bei seinem Anblick in dem flatternden Baumwollhemd mit den kaum sichtbaren, engen hellbraunen Längsstreifen und den beigen Hosenträgern, hatte sie Mühe, sich auf ihren Job zu konzentrieren. Der Wind spielte mit seinem offenen Kragen und fuhr unter den Stoff seines Hemdes. Anne hielt beinahe die Luft an. Wer hätte gedacht, dass man auf den Wind neidisch sein konnte? Doch sie hätte einiges dafür gegeben, in diesem Moment ein durchsichtiges, unbeflecktes Etwas zu sein, das ihn unverfänglich berühren konnte.

„Anne", drang Kaulders Stimme zu ihr durch.

„Äh, ja?", fragte sie irritiert.

Er lachte: „Was gäbe ich alles darum zu wissen, wo du mit deinen Gedanken gerade bist."

Oh, und ich gäbe alles darum, dass du es nie erfahren

würdest.

Sie lächelte nur entschuldigend.

„Also, zum dritten Mal", fuhr er fort. Zum dritten Mal schon? Au weia... „Nimm den rechten Fuß aus dem Steigbügel, fass mit der rechten Hand ans Horn und lass dich langsam runtergleiten."

Das hörte sich alles machbar an, wüsste sie nicht, dass seine Hände dort waren, um sie zu stützen und notfalls aufzufangen. Sie wusste, dass er sie berühren würde, sobald sie auf der linken Seite des Pferdes hing. Sie fürchtete sich davor, und sie sehnte sich danach. Wie würde es sein, wenn jemand sie anfasste? Wenn *er* sie anfasste?

Anne zog den Fuß aus dem Steigbügel, griff mit der rechten Hand ans Horn und begann, sich ganz, ganz langsam nach links gleiten zu lassen. Die Übung wäre so viel leichter, würde es nur um die Kunstfigur gehen. Sie begann zu zittern, je näher sie seinen Händen kam, die ausgebreitet auf sie warteten. Sie würde sich in sie hineingeben müssen, sie würde sich fallenlassen müssen. Das hier spiegelte haargenau das wieder, was in ihrem Inneren stattfand. *Ich muss mich fallenlassen... In seine Hände...*

Ganz langsam spürte sie die Berührung seiner Fingerspitzen, ehe die Wärme seiner Hände sie durchflutete. Ihre Gefühlswelt glich einem Wirbelsturm. Es war, als tobten Milliarden Empfindungen durcheinander. Seine Hände entfachten ein Feuer in ihr, während es sich zugleich unwirklich anfühlte berührt zu werden. Es war so lange her... Eine Sekunde lang tauchte dieser innere

Sturm sie in alte Erinnerungen und ließ sie erstarren, ehe er ihr schließlich vorgaukelte, es wäre John, der sie berührte.

Fallenlassen.

Anne schloss die Augen. Mit einem ruhigen Atemzug nahm sie dem Tornado in ihrem Inneren den Großteil seines Schwungs. Sie sperrte die schmerzenden Erinnerungen hinter Schloss und Riegel, alles, was sie behielt, war Johns Anblick, wie er sie anlächelte, ihre Wange berührte, ehe sie sich zwang, zurück in die Realität zu kommen.

Fallenlassen.

Sie war hier, übte Schießtricks auf dem Pferd für eine Wild West Show, mit Kaulder, einem Mann, an den sie ihr Herz verloren hatte - obwohl sie sich nicht sicher war, ob es noch voll funktionsfähig war - und dessen starke Hände sie berührten. Er war hier, er würde sie auffangen.

Fallenlassen.

Sie ließ los. Und sie hielt die Augen geschlossen. Starke Arme umfingen sie und bewahrten sie vor dem Aufprall auf dem Boden. Kaulder richtete sich auf und Anne öffnete langsam die Augen. Langsam, zögerlich wie ein kleines Kind, das nicht wusste, ob es seinem Gegenüber trauen konnte, ließ sie ihren Handrücken über sein Schlüsselbein, ihre Finger über seinen Nackenmuskel gleiten, ehe sie ihre Hände zu einem sicheren Griff hinter seinem Hals verschränkte.

„Du hast losgelassen", sagte er, halb erstaunt, halb anklagend.

„Ja", sagte sie und lächelte knapp. Mit einem tiefen Atemzug ließ sie abermals Ruhe in ihr Innerstes einkehren. Sie versuchte, den Moment zu genießen, in sich aufzunehmen, abzuspeichern. Es fühlte sich gut an, in seinen Armen. Seinen starken Armen, die sie aufgefangen hatten, die sie hielten.

Kaulder schien zu verstehen. Er nickte kaum sichtbar, dann sah er ihr in die Augen: „Wie… ist es?"

Anne erwiderte seinen Blick und runzelte einen Moment die Stirn: „Es ist… schön. Und es ist beängstigend." Sie lächelte breit.

Er nickte nachdenklich und mit einem Schmunzeln: „Ich denke, das ist gut."

„Danke, dass du mich aufgefangen hast", meinte sie mit einem Grinsen.

„Danke, dass du mich vorgewarnt hast", erwiderte er mit einem Stirnrunzeln und einem tadelnden Blick.

Es verstrichen einige Atemzüge, in denen sie die Nähe des Anderen genossen.

„Ähm… Würdest du mich dann wieder runterlassen?"

Kaulder verzog die Lippen: „Wenn es nach mir geht nicht."

Er machte keine Anstalten, sie auf den Boden zu stellen.

„Kaulder…", drängte sie.

Widerwillig ließ er sie runter und hätte sie im nächsten Moment am liebsten wieder in seine Arme gezogen. Ihre Nähe fehlte ihm bereits wieder.

„So, gleich nochmal", sagte sie und fügte mit einem Augenzwinkern hinzu, „diesmal ohne Fallenlassen."

„Zu schade."

Sie schwang sich in den Sattel.

„Anne?"

„Ja?"

„Es wäre wirklich nett, wenn du mich das nächste Mal vorwarnst. Ich meine, es ist schön, dass du... aber ich könnte dich wirklich fallenlassen. Und das wäre sicherlich nicht gut."

Sie wusste, was er meinte. Doch sie lächelte nur und trieb Jack zum Schritt an: „Ich weiß, dass du mich auffangen wirst. Egal wann. Egal wo."

Kaulder folgte ihnen und riss die Augen auf, als sie Anstalten machte, die Übung zu widerholen.

„Was machst du da?"

„Na, wonach sieht es denn aus?"

„Willst du das nicht erst im Stehen üben?", fragte er besorgt.

„Ich soll das später im rasenden Galopp machen. Besser, wir fangen mit den richtigen Übungen an, oder?"

Es fiel ihr nicht schwer, sich seitlich vom Pferd hängenzulassen. Keine Viertelstunde später wagte sie den ersten Galopp und konnte nicht leugnen, dass es einen Heidenspaß machte. Langsam verstand sie, warum Kaulder das Trickreiten liebte.

Lachend parierte sie Jack durch, während sie sich aufrecht zurück in den Sattel setzte.

„Das fängt an mir Spaß zu machen. Was steht noch auf meinem Lehrplan für heute?"

„Stehen", meinte er.

„Stehen?"

„Ja, auf dem Pferd. Aber hier würde ich dir wirklich empfehlen, dass du das im Stand übst. So hoch oben fällt man viel weiter runter, als wenn man schon auf der Seite des Bauches hängt."

„Okay."

„Ich halte Jack. Du richtest dich langsam auf."

Vorsichtig und mit mulmigem Gefühl stellte Anne die Stiefel auf den Sattel und erhob sich langsam. Je höher sie kam, desto wackeliger fühlte es sich an. Und desto spannender war es. *Zuerst fallen, dann fliegen*, dachte sie und fühlte sich unendlich beflügelt, als sie aufrecht stand und der Wind durch ihr Haar fuhr, *wie viel diese beiden Dinge doch gemeinsam haben.*

„Na, wie ist das?"

„Großartig", grinste sie und kippte im nächsten Moment nach vorne, als Jack eine winzige Bewegung machte, „Oh!" Schnell ließ sie sich zusammensinken, hielt sich am Horn fest und sah zu, dass ihre Beine links und rechts vom Sattel landeten.

„Hoppla."

„Deshalb üben wir das im Stand", sagte Kaulder mit einem Lachen, „runter jetzt da, es wird schon spät."

Anne schwang ihr Bein über den Sattel und stellte erstaunt fest, dass sie wohl zum ersten Mal in ihrem Leben beinahe ungern vom Pferd stieg. Kaulder schien das leichte Bedauern in ihrem Blick zu lesen, als sie festen Boden unter den Füßen hatte.

„Keine Sorge, du darfst morgen gleich wieder ran. Mason will, dass die Übungen bis zur nächsten Stadt sitzen."

„Mason", sagte sie und verdrehte die Augen.

Kaulder sollte jetzt eigentlich Jack in seinen Paddock bringen und Anne sich auf den Weg zu ihrem Zelt machen. Doch keiner von ihnen rührte sich.

Einige Momente später fragte Kaulder leise neben ihr: „Sollen wir heute Abend wieder einen Spaziergang machen?"

Anne konnte nicht anders, sie lächelte. Sie sah zu ihm auf und nickte stumm und in diesem Moment lagen so viele wundervolle, unausgesprochene Gefühle zwischen ihnen, dass es beinahe schmerzte.

Wie schon so oft gingen sie nebeneinander durch die Dämmerung. Es fühlte sich fast schon wie eine Art Ritual an. Ein Ritual, das nur sie kannten und verstanden. Sie genossen das gemeinsame Schweigen und die Anwesenheit des Anderen, ehe sie das Waldstück vom Vortag erreichten und wieder auf dem umgestürzten Baumstamm Platz nahmen. Die Sonne versank am Horizont rechts von ihnen und malte kaum Farben in den Himmel. Redwood lag recht tief, wodurch die Sonne sehr früh hinter den Bergen verschwand und man atemberaubende Sonnenuntergänge vergeblich suchte.

Kaulder legte seine Hand mit der Handfläche nach oben auf die schmale, freie Fläche zwischen ihnen und sah sie mit einem leichten Lächeln an. Anne musterte seine intensiven, blauen Augen, in denen stets ein Feuer zu lodern schien, welches jetzt in der Dunkelheit nur durch das letzte, spärliche Licht der Sonne zu erkennen war.

Anne legte ihre Hand in seine und sah auf ihre verschränkten Hände hinab. Seine Finger waren rau und hart, was zweifelsohne dem Trickreiten und den Arbeiten als Hufschmied geschuldet war. Sein Griff war kräftig und hatte etwas Unumstößliches. Als sie ihn mit einem Lächeln ansah, erwiderte er es, ehe sie gemeinsam nach vorne blickten.

„Erzähl mir von ihm", sagte er.

„Von wem?"

„Deinem Mann."

„Gestern habe ich ihm einen lange geschuldeten Besuch abgestattet."

Kaulder nickte: „Wie war es?"

„Zuerst war es merkwürdig seinen Namen auf diesem Kreuz zu lesen. Ich fühle mich so schuldig, dass dort nur so ein verdammtes, schäbiges Kreuz steht. Er hat etwas Besseres verdient und ich werde dafür sorgen, dass er es bekommt, sobald ich die Chance dazu habe."

„Das ist doch nicht deine Schuld. Du warst überhaupt nicht da."

„Aber ich hätte da sein sollen", sagte sie bestimmt und musste tief Luft holen um sich zu beruhigen.

„Das Leben verläuft selten so, wie man sich das eben vorstellt. Im Kleinen, wie im Großen. Wie war er so, John?"

„Er war…", Anne senkte den Blick auf ihren Schoß, „liebevoll. Und gut. Zu gut, manchmal." Es schmerzte sich zu erinnern. Wie sehr er sie geliebt hatte. Wenn sie daran dachte, was das Letzte gewesen war, was er gesehen hatte, zog sich ihr der Magen zusammen.

„Denkst du an ihn?"

Verwundert sah sie zu ihm auf: „Wie meinst du das? Natürlich denke ich an ihn…"

„Ich meine, wenn wir uns nahe sind. Fühlst du dann mich… oder *ihn*?"

Er sah sie an und es war das erste Mal, seitdem sie ihn kennengelernt hatte, dass sie einen Ausdruck von Angst über sein Gesicht huschen sah.

Sie schüttelte den Kopf: „Nein." Wobei sie sich nicht sicher war, ob sie log. In ihr explodierten bei jeder Berührung so viele Gefühle, dass sie an verdammt vieles dachte…

Kaulder nickte unmerklich, erleichtert. Er fuhr mit seinem Zeigefinger die Fingersehnen auf ihrem Handrücken nach. Langsam ließ er seine Fingerspitze schließlich über ihren Arm hinauf wandern. Es hinterließ eine brennende Spur aus Eis und Feuer und Prickeln. Er erreichte ihre Schulter, fuhr darüber, strich über ihren Hals und legte seine Hand sanft in ihren Nacken. Sein Gesicht war dem ihren so nahe, dass sie seinen Atem auf ihren Lippen spüren konnte. Das Feuer seiner Augen schien auf sie überzuspringen und entfachte eine Leidenschaft in ihr, die sie längst vergessen geglaubt hatte, in dem Moment, als sein Mund den ihren berührte. Sanft trennte seine Zunge ihre Lippen und sie ließ ihn gewähren. Sie war in diesem Moment bereit sich hinzugeben. Zu vergessen.

Seine Zunge nahm Besitz von ihr und sie wagte es, forscher zu werden. Es war, als wagte sie einen riesigen Sprung ins Unbekannte. Kurz vergaß sie alles, was sie

davon abhalten könnte, seine Unterlippe zwischen die ihren zu nehmen, daran zu saugen und ihn schließlich sanft zu beißen, kurz, bevor sie sie entließ. Erstaunt sah Kaulder sie an und sie konnte selbst in der Dunkelheit sehen, wie seine Augen sich verdunkelten. Das war Lust. Echte Lust. Er begehrte sie. Ungestüm presste er seine Lippen wieder auf die ihren, drang mit seiner Zunge vor und erforschte ihren Mund, nahm sie ganz für sich ein. Seine Hand fuhr ihren Nacken hinauf und schließlich in ihr offenes Haar und griff ruckartig, aber sanft, hinein.

Eis breitete sich in Annes Adern aus. Bilder stürmten auf sie ein. Bilder, die vor einer Sekunde noch ganz weit weg von ihr und von diesem Moment gewesen waren. Doch eine böse Macht in ihr machte ihr klar, dass sie noch sehr, sehr genau wusste, wann das letzte Mal jemand an ihren Haaren gezogen hatte.

Kaulders Lippen wanderten über ihr Kinn und näherten sich ihrem Hals. Er küsste sie dort. Dort, wo John sie am Morgen nach ihrer Hochzeit geküsst hatte. Dort, wo sie sich noch so lebhaft an seinen Kuss erinnerte. Dort, wo es sich sofort wieder anfühlte, als wäre John hier. Als wäre *er* es, der sie dort küsste. Sie ließ die Vorstellung zu, doch sofort wurde eine Stimme in ihr laut, die ihr unmissverständlich zu verstehen gab, dass John tot und dies nur eine grausame Illusion war.

Die Lippen, die nicht John gehörten, wanderten tiefer. Ihre Bluse war leicht geöffnet, da ihr beim Training auf dem Pferd ziemlich warm geworden war. Sonst trug sie sie nie offen. Jetzt gab sie den Weg frei bis kurz unter ihr Schlüsselbein und allein die Vorstellung, dass er sie

dort küssen würde, ließ den Weltuntergang hereinbrechen.

Sie riss sich von ihm los. Schwer atmend stand sie vor ihm. Unfähig, auch nur ein Wort herauszubringen, während wieder dieser Tornado in ihr tobte, der diesmal drohte, ihr den Boden unter den Füßen wegzuziehen. Ihre Lippen brannten von seinem Kuss.

„Tut mir leid... war ich zu forsch?“, fragte Kaulder besorgt, „war ich zu forsch, Anne? Hab ich dich bedrängt?“

Atmen.

Sie atmete ein. Sie atmete aus. Nur schwer beruhigte sie sich bis zu einem Grad, an dem sie sich zumindest von der Idee abbringen konnte auf der Stelle davonzulaufen.

„Bring mich zurück“, stieß sie hervor, möglicherweise unfreundlicher, als sie wollte. Doch sie hatte sich nicht im Griff. Sie war, gelinde gesagt, außer sich.

„Anne, du musst mit mir reden. Sag mir, was in dir vorgeht. Ich höre dir zu und zum Teufel, ich schwöre, dass ich mich von dir fernhalten werde. Aber du musst mit mir reden, sonst kann das nie funktionieren.“

Er hatte so Recht. Doch gleichzeitig brachte er es auch auf den Punkt.

„Ich weiß nicht, ob das *überhaupt* funktionieren kann.“

„Dann lass es uns herausfinden. Rede mit mir.“

„Bring mich zurück“, wiederholte sie angespannt und nahm ihre Hand nachdrücklich von ihrer Stirn, ehe sie ihn eindringlich ansah, *„bitte.“*

Sie wollte nicht reden. Sie *konnte* nicht. Weder mit ihm, noch mit sonst jemandem. Nicht einmal mit sich selbst. Sie wusste nicht, was sie im Moment fühlte oder nicht, was sie dachte oder nicht. Sie wusste nicht einmal, was sie wollte, *oder nicht.*

Sündig

Es folgte: Die Hölle.

Sie sprach nicht mit ihm. Sie sah ihn nicht an. Und sie lief regelrecht vor ihm davon. Seit Tagen. Wenn sie mit Jack übte, dann zu Zeiten, wo er unmöglich zu ihr kommen konnte, weil er etwas begonnen hatte, das er nicht einfach beenden konnte oder von Mason eingespannt worden war.

Kurzum: Sie ging ihm nach allen Regeln der Kunst aus dem Weg.

Zurück blieb er, mit seinem verwirrten, besorgten und gekränkten Herzen. Verwirrt, denn er wusste nicht, was er falsch gemacht hatte. Besorgt, denn er wusste nicht, wie es ihr ging, was sie fühlte und was aus ihnen werden würde. Gekränkt, denn sie hatte ihn zurückgewiesen, ihn und seine Liebe. Ja, er wusste überhaupt nichts und genau das war es, was ihn langsam aber sicher in den Wahnsinn trieb. Er stürzte beim Training sogar vom Pferd und zog sich nach langer Zeit endlich wieder ein paar blaue Flecken und Schrammen zu.

Er wusste wirklich nicht, wie lange er das noch aushalten würde. Irgendwann würde er sich nicht mehr beherrschen können, sie verschleppen und sie dazu zwingen mit ihm zu reden. Da war er sich sicher. Doch so lange er konnte hielt er sich davon ab, denn er wusste, dass er damit alles, was noch übrig war, vollends zerstören könnte. Wenn sie Angst vor ihm bekam, war jede Hoffnung auf eine gemeinsame Zukunft dahin.

„Kommst du nicht mit ans Feuer?", fragte Mick.

Er, Brick und Chang hielten kurz inne.

„Nein, feiert ohne mich", sagte er und wandte sich ab.

Die drei machten sich schulterzuckend auf den Weg und Kaulder ging zu seinem Zelt. Wenn er sich heute ans Feuer setzte, wusste er, wie das enden würde. Sturzbesoffen. Doch ihm war nicht danach.

In seinem Zelt angekommen zog er sich das Hemd über den Kopf und verfluchte im Stillen die Hitze, die noch immer herrschte und ihn, gemeinsam mit den Gedanken an Anne, eine weitere Nacht um den Schlaf bringen würde. Er begann sich zu rasieren und versuchte, sich voll und ganz auf das zu konzentrieren, was seine Hände taten, und nur eine Minute lang *nicht* über Anne nachzudenken. Anschließend wusch er sich das Gesicht und fuhr sich mit den nassen Fingern durch das halblange Haar, das dadurch halbwegs geordnet nach hinten gekämmt wurde.

Gerade als er sich mit einem Tuch das Gesicht trocknete, wurde der Vorhang seines Zeltes zurückgeschlagen und Anne trat ins Innere. Als sähe er eine Fata Morgana, ließ er das Tuch in Zeitlupe sinken.

„Anne", sagte er ungläubig, „was…"

Sie schüttelte beinah unmerklich den Kopf, wodurch sie ihn zum Schweigen brachte. Sein Blick fiel auf ihre Hände, die ein Band, das um ihre Taille geschlungen war, aufknoteten. Erst jetzt bemerkte er, dass sie lediglich ein beiges Chemisenkleid trug. Im Schein der einzigen Kerze, die er entzündet hatte, konnte er grob die Konturen ihrer Rundungen darunter ausmachen und

schämte sich beinahe für die Wollust, die in ihm aufstieg. Er sollte sie nicht begehren. Nicht jetzt. Nicht im Moment. Nicht, solange sie es nicht wollte.

Erst als ihre Hände an ihre Schultern griffen, verstand er vollends, was sie vorhatte. Langsam strich sie die kleinen Ärmchen des Kleides über ihre Schultern hinab. Langsam, Stück für Stück, glitt das Kleid über Annes Körper und gab nach und nach mehr preis. Langsam, als geschähe es in Zeitlupe, fiel der Stoff mit einem kaum hörbaren Rauschen zu Boden und Anne stand splitterfasernackt vor ihm.

Was zur Hölle tat sie da?

Wie sollte er sich da noch im Zaum halten?

Er sog den Anblick ihres göttlichen Körpers in sich ein. Jede Einzelheit davon. Das Halblicht verbarg nahezu jede Narbe, von denen sie einige hatte, doch selbst mit ihnen war sie für ihn makellos. Beinah schon krampfhaft stemmte er die Beine in den Boden und wünschte sich, er würde mit der Erde verwurzeln, um nur ja an Ort und Stelle stehenzubleiben.

„Anne, was zum Teufel tust du denn da?", sagte er und konnte nicht verhindern, dass seine Stimme belegt klang.

Sie ging langsam auf ihn zu und blieb dicht vor ihm stehen. Durch ihre Wimpern hindurch sah sie mit ihren hexengrünen Augen zu ihm auf und hypnotisierte ihn regelrecht. Er spürte ihre Hand in seinem Nacken und schloss einen Moment die Augen, um sich unter Kontrolle zu halten. Er nahm ganz deutlich wahr, dass sie zitterte. Sie hatte Angst. Er musste sich zusammenrei-

ßen.

„Anne", sagte er so bestimmt er konnte, „hör auf damit. Ich…"

„Ich möchte, dass du mich liebst, Kaulder Ross."

Vollkommen überrascht sah er sie an. Sie schien die pure Unschuld, wie sie da vor ihm stand.

„Du musst das nicht tun, Anne", sagte er.

Zitternd strich sie über seinen Oberkörper, fuhr die Konturen seiner Muskeln nach und beschwor ein Lodern herauf, dem sie nicht gewachsen sein würde. Das wusste er.

„Anne", sagte er unwirsch und eindringlich und packte sie fest an ihrem Kinn, „*hör auf*. Du hast Angst."

Der Ausdruck von Furcht verstärkte sich in ihren Augen, doch sie erwiderte seinen intensiven Blick stur.

„Ja, das habe ich", sagte sie mit bebender Stimme, „aber das werde ich immer haben, Kaulder."

Er merkte, wie sein Widerstand zu bröckeln begann. Vehement schüttelte er den Kopf, als könne er es so aufhalten.

„Nein, irgendwann wird es leichter sein. Es muss nicht jetzt sein. Gib dir Zeit. *Ich* gebe dir Zeit", sagte er nahezu flehend, als sie ihren Finger über seine Bauchmuskeln wandern ließ, den Blick darauf gesenkt.

Er fasste ihr Kinn fester und zwang sie wieder zu ihm aufzusehen. „Willst du das wirklich?" Eindringlich sah er sie an und wenn er jetzt den geringsten Hauch von Zweifel in ihren Augen sähe, würde er sie heute nicht anrühren.

Zuerst zögerlich, dann nachdrücklicher, nickte sie.

„Ja", es war kaum mehr als ein Hauchen.

Er würde dafür in die Hölle kommen, das wusste er.

Es war um ihn geschehen. Er zog sie an sich und küsste sie so zart, als wäre sie eine Eisblume, die jede Sekunde zerfallen konnte. Doch er war kein Mann für ausgiebige Zärtlichkeiten, er war schon immer ein wilder Raufbold gewesen. Schnell wurden seine Küsse ungestümer, sein Körper drängender.

„Kaulder", presste sie keuchend hervor und erstaunt hielt er inne, als er ihre Hand an seiner Brust fühlte. Sie stemmte sich gegen ihn. Er brauchte einen Moment, ehe er wieder klar sehen – denken – konnte. Jetzt war sie es, die mit ihrer Hand in seinem Nacken und ihrem Daumen an seinem Kieferknochen seinen Blick suchte. „Ich weiß, dass du nicht fürs Behutsame geschaffen wurdest" – sie hatte es oft genug gesehen, wenn er mit einer seiner Liebschaften unterwegs gewesen war – „aber ich bitte dich, nur dieses eine Mal, sei behutsam. Sei zärtlich. Sei vorsichtig. Sei *langsam.*"

Beim Anblick ihres nackten Körpers vor ihm wurde ihm schmerzlich bewusst, dass ihm das verdammt schwer fallen würde. Aber er nickte. Und er schwor es sich.

„Vertrau mir", sagte er und zog sie wieder zu sich.

Er strich mit dem Daumen über ihre Unterlippe und betrachtete einen Atemzug lang ihren perfekt geschwungenen Mund, ehe er ihn mit dem seinen bedeckte. Er küsste sie behutsam. Zärtlich. Vorsichtig. Und langsam. Und ebenso erkundeten seine Hände ihren Körper. Seine rauen Finger strichen über ihre weiche Haut, üb-

ten mal mehr, mal weniger Druck aus. Er verließ Stellen, an denen sie sich verspannte, schnell und ließ stattdessen ihre Leidenschaft an einer anderen erwachen. Er prägte sich jeden Punkt, der sie zusammenzucken ließ, ein und erstellte in seinem Kopf eine Landkarte.

Schwungvoll, aber nicht zu plötzlich, hob er sie hoch und schlang ihre Beine um seine Hüfte. Sie musste seine Erektion nun mehr als deutlich spüren, doch sie hörte nicht auf ihn zu küssen und er wollte verdammt sein, wenn in dieser Frau nicht mehr Leidenschaft steckte als Matsch in diesem Drecksloch Redwood.

Er drehte sich, um sie zu seinem Bett zu tragen.

„M-hm", vernahm er sie und sie deutete verlegen auf den Tisch.

Er zog die Augenbrauen hoch. Sie lächelte schüchtern und er konnte nicht anders, als sie wild zu küssen und begierig mit seinen Händen ihren Rücken auf und ab zu streichen, ehe er sie auf der kleinen Tischplatte absetzte. Sein Gehirn war wie leergefegt, doch in einem kurzen, lichten Moment stellte er fest, dass sie wohl nicht auf das Bett wollte, da er sich dann höchstwahrscheinlich über sie gelegt hätte. Und das gehörte wohl zu einer nicht sonderlich schönen Erinnerung.

Sein Atem kam mittlerweile stoßweise. Sie keuchte an seinem Ohr, als er zart über ihre Nippel streifte. Vorsichtig strich er über die Rundungen ihrer Brüste und stellte erleichtert und begehrlich fest, dass sie ihre Finger in seinem Haar verkrallte. Sie bog ihren Rücken durch und streckte sich ihm lustvoll entgegen. Ihre Brustwarzen drückten sich gegen seinen Oberkörper und zer-

schlugen jeden Rest an Selbstbeherrschung, den er noch aufrechterhalten hatte. Hastig öffnete er seinen Gürtel und fuhr an der Seite ihres Körpers mit den Händen entlang, über ihre Hüfte, bis zu ihren Schenkeln. Sie verspannte sich.

Als käme er aus einem Nebel heraus, zwang er sich, einen klaren Kopf zu bekommen.

„Anne", sagte er, „letzte Chance", er lachte stöhnend, „sag nein, und ich höre sofort auf." Wobei er sich nicht sicher war, ob er das wirklich noch konnte.

Einige Atemzüge lang waren sie Stirn an Stirn, ihre Brustkörbe hoben und senkten sich heftig im Einklang.

„Ja", sagte sie.

Ihr Blick wich dem seinen aus und wanderte nervös umher. Er hingegen sah sie an. Er legte seine Hand halb in ihren Nacken und hielt ihren Kiefer mit seinem Daumen fest. Schließlich blickte sie ihm in die Augen. Diese herrlichen, lodernden, grünen Augen blickten in die seinen. Er sah die Angst darin. Und die Unsicherheit. Und er wollte sehen, wie sich all das in Lust verwandelte, wenn er in sie eindrang. Er wollte jede Einzelheit sehen, die sich in ihrem Gesicht abspielte.

Quälend langsam stieß er in ihre Enge vor. Noch drei, vier Atemzüge, dann wäre sie verloren. Dann würde er sich nicht mehr zurückhalten können, wenn Panik sie erfasste. Noch hatte er sich im Griff. Er bewegte sich langsam und musterte unterdessen jede Regung ihres Gesichtes. Mit jedem langsamen Stoß wich die Angst und ein neuer Ausdruck trat in ihre Augen, der seine Lust erst recht anfachte.

„Sag mir, *wie* langsam du es möchtest", stöhnte er.

„Schneller", sagte sie nur, „bitte…"

Er bewegte sich schneller, ließ sie ihn voll und ganz spüren. Schließlich entglitt sie seinem Griff an ihrem Kiefer und ließ den Kopf zurückfallen. Ihr langes, lockiges rotes Haar fiel bis auf die Tischplatte hinab, ihre Brüste streckten sich ihm entgegen. Es war ein Anblick, den er nie in seinem Leben vergessen würde.

Sie sah aus wie eine Göttin.

Seine Göttin.

Er fuhr mit den Fingerspitzen die Kontur ihres Körpers nach. Sie lag auf der Seite, das Flackern der kleinen Kerze erhellte ihre Umrisse nur äußerst schemenhaft. Er strich über ihre Schulter, ihren Brustkorb, hinab zu ihrer Taille und über die Rundung ihrer Hüfte, ehe er das Ganze in die andere Richtung wiederholte.

Im schwachen Schein entdeckte er die ein oder andere Narbe auf ihrer Haut. *Was muss sie durchgestanden haben*, dachte er und Wut stieg in ihm auf. Ohne es zu bemerkten hielt er inne.

„Was ist los?", fragte sie und wandte ihr Gesicht halb zu ihm um.

Ob es nun klug war oder nicht über Vergangenes zu reden, er konnte nicht anders. „Wo sind die, die dir das angetan haben?"

Sie wandte den Kopf wieder ab und er sah, wie sich kleine Fältchen in ihrem Augenwinkel bildeten. Sie lächelte.

„Tot", sagte sie kühl.

Er verkniff es sich, doch diese Mistkerle konnten sich glücklich schätzen, tot zu sein, denn er wäre sicher nicht zimperlich mit ihnen umgesprungen.

„Wie?", fragte er lediglich.

„Es gab eine Schießerei. Der Sheriff hat sich mit einer Banditenbande zusammengetan und die Verbrechertruppe, in der auch diese Männer waren, zur Strecke gebracht oder gefangen genommen. Ich bin… sozusagen nachgekommen. Hab mich angeschlichen und versteckt und den Kopf dieser Missgeburtenbande erschossen."

„Du hast was? Was hattest du denn in einer Schießerei zu suchen? Und wie kann man zu einer Schießerei zu spät kommen?"

Sie lachte und sein Arm, der über ihren Körper gelegt war, erzitterte dadurch. Anne drehte sich auf den Rücken zu ihm, ihr Gesicht umrahmt von einem Meer aus roten Locken, strahlte ihn an. Ihr befriedigter, genießerischer Ausdruck ließ seine Gedanken abschweifen zu einer ganzen Reihe an Dingen, die er noch mit ihr anstellen wollte.

„Die Kurzfassung ist: Eine Frau namens Abigail rettete mich. Sie gehörte zu einer Banditenbande, die du vielleicht kennst. Die Cunningham-Bande. Dort war ich nach…"

„*Die* Cunningham-Bande? Du warst in einer Banditenbande? Kanntest du etwa Jack…", es fiel ihm wie Schuppen von den Augen, „Jack – Jack Cunningham. Das meintest du, als du sagtest, du kennst einen Jack!"

Sie lachte wieder: „Du scheinst ein sehr aufmerksamer Mann zu sein."

Er lächelte und küsste sie: „Du hast keine Ahnung, *wie* aufmerksam. Erzähl weiter."

Und sie erzählte ihm die ganze Geschichte. Alles, bis sie Mason getroffen und ein neues Leben begonnen hatte. Es fühlte sich merkwürdig für Anne an, über Jack und Abigail zu sprechen als wäre es Jahrhunderte her, seit sie bei ihnen gewesen war. Vermutlich war es das auch wirklich. Es hatte sich so vieles geändert.

Kaulder war nicht wenig erstaunt über ihre Geschichte. Damit hatte er wahrlich nicht gerechnet, doch nun, da er mehr über sie wusste, hatte er auch das Gefühl, mehr von ihr zu verstehen. Das ein oder andere Geheimnis, das sie umgeben hatte, löste sich auf.

„Oh nein", sagte sie plötzlich, als sie eine Schramme an seinem Kiefer entdeckte und sah ihn sorgenvoll an, „hast du dich wieder geprügelt?"

Er legte den Kopf zur Seite und sah ihr in die Augen: „Und wenn schon."

„Ich will nicht, dass du dich prügelst", sagte sie, „Kaulder, du musst wirklich damit aufhören. Irgendwann könnte…"

„Sch", sagte er mit einem Lachen, „beruhig dich, ich bin lediglich vom Pferd gefallen beim Training. Alles gut."

„Oh."

„Das wäre nicht passiert, wenn mir nicht eine gewisse rothaarige Hexe den Verstand geraubt hätte."

„Oh", meinte sie abermals schmunzelnd, ehe er ihre Lippen mit Küssen bedeckte und weitere ihren Hals hinab bis zu ihrer Schulter platzierte.

„Wie fühlst du dich?", fragte er und studierte ihre Züge.

„Unbeschreiblich."

„Versuch es."

„Ich fühle mich so gut wie schon lange nicht mehr. Und gleichzeitig habe ich Angst."

„Angst? Wovor?"

„Es wieder zu verlieren."

Sie blickten sich in die Augen.

„Anne, ich möchte deine kleine Welt nehmen und sie wieder zusammenfügen. Ich möchte dein Herz nehmen, und die Stücke wieder zusammensetzen. Ich möchte dich halten, bis du wieder ganz bist. Du bist perfekt. Perfekt für mich. Und ich werde nicht zulassen, dass du je wieder etwas verlierst."

Tränen glitzerten in ihren Augen.

„Oh, tut mir leid, ich wollte nicht…"

Sie lächelte und eine Träne kullerte aus ihrem Augenwinkel.

„Schon gut", lachte sie und strich über seine Wange.

Er fuhr sich mit der Hand übers Gesicht: „Ich sollte nicht so verdammt sentimental sein, Herrgott nochmal."

Sie lachte. „Ich mag es, wenn du sentimental bist. Das gibt mir das Gefühl, wichtig für jemanden zu sein."

„Du bist alles für mich, Anne. Nicht nur wichtig."

„Er ist größenwahnsinnig geworden! Jetzt schnappt er über! Jetzt schnappt er vollends über!"

Kaulder rannte wie von Sinnen vor den Paddocks auf

und ab. Anne striegelte Jack, um mit ihm anschließend wieder das Schießen zu üben.

„Vielleicht lenkt er ja nochmal ein. Du hast ihm deine Meinung ja klar und deutlich mitgeteilt. Gib ihm etwas Zeit."

„Das kann ich nur hoffen, Anne. Das hier war eine ehrwürdige Show mit echten Talenten. Doch was er jetzt daraus macht, dabei mache ich nicht mit."

„Vielleicht wird es ja gar nicht so schlimm."

Sie bückte sich, um Jacks Füße von getrocknetem Matsch zu befreien. Sie waren an ihrem ersten Rastplatz nach ihrer Abreise von Redwood angekommen und das war wohl der letzte, staubige Rest von diesem vergessenen Fleckchen Erde, der sie noch verfolgte.

„Nicht so schlimm?", Kaulder macht eine ausholende Bewegung mit einem Arm, „Anne, es werden Menschen sterben."

Sie nickte. Ja, er hatte Recht. Es würden Menschen sterben. Mason hatte heute Morgen seine glorreiche neue Showeinlage vorgestellt: Die High-Noon-Wettbewerbe. Er wolle das Publikum mit einbeziehen, so hatte er angefangen, und zuerst hatte niemand etwas Böses vermutet. Doch spätestens, als er erklärt hatte, dass er Mann-gegen-Mann-Schießwettbewerbe einführen wollte, wurde jedem klar, dass er den Verstand verloren haben musste. Nun ja, jedem nicht – Brick und Chang hatten sich mit einem wölfischen Grinsen als Freiwillige gemeldet. Mick und Kaulder waren sofort aus der Nummer ausgestiegen.

Kaulder war außer sich. Sie hatte ihn noch nie so auf-

gebracht gesehen. Nicht, wenn er nüchtern war.

„Du solltest noch einmal mit ihm reden. Heute Abend. Wenn sich die Wogen etwas geglättet haben."

Er nickte: „Ja. Ja, das sollte ich. Das werde ich machen."

„Aber erst trainierst du mit mir."

Anne fühlte sich als könnte sie fliegen. Es war zwar nicht mit ihrer Hochzeit vergleichbar, doch damals hatte sie sich zum letzten Mal so beflügelt gefühlt wie jetzt. Tatsächlich hatte sie geglaubt, dass sie nie wieder so empfinden können würde. Diese Leichtigkeit, von der sie plötzlich erfüllt war, nachdem sie sich Kaulder vollends geöffnet hatte, war für sie mehr als unbeschreiblich. Einerseits, weil sie so verliebt war, dass nahezu nichts ihre Laune trüben konnte, andererseits, weil es sich tatsächlich anfühlte, als hätte sie die letzten Ketten ihrer Vergangenheit abgelegt.

Natürlich war noch lange nichts vergessen, doch dieser Mann hatte einen großen Teil ihrer Wunden geheilt. Mit seiner Hartnäckigkeit und seiner direkten Art hatte er sich mehr und mehr in ihr Herz geschlichen und das, was für sie unmöglich gewesen war, geschafft. Nie hätte sie gedacht, dass sie sich noch einmal freiwillig zu einem Mann legen wollen würde, von wegen, dass sie überhaupt dazu im Stande wäre. Doch ihr Herz hatte ihr keine andere Wahl gelassen. Sie wusste, dass er ihr womöglich alle Zeit der Welt gegeben hätte, doch es hätte keinen Unterschied gemacht. Die Zeit war eine sehr langsame Heilerin, manchmal war es besser, man nahm

die Dinge selbst in die Hand. Es war unmöglich in Worte zu fassen, wie viel Kraft, Mut und Überwindung sie das gekostet hatte, doch ihr war klar gewesen, wenn sie dieses Leben mit Kaulder führen wollte, musste sie das tun. Nicht für ihn. Für sich selbst.

Sie kam sich fast schon kindisch vor in ihrer Vorfreude auf den heutigen Abend. Kaulder war, wie sie es vorgeschlagen hatte, noch einmal zu Mason gegangen, und offensichtlich hatten die beiden sich mal wieder in irgendwelchen Diskussionen über Gott und die Welt verloren, denn es war bereits reichlich spät. Doch sie wusste, dass er zu ihr kommen würde, und diese Tatsache war so wunderschön, dass ihr das Herz das ein oder andere Mal schier herauszuspringen drohte.

Nachdem Anne in ihrem Zelt ein wenig für Ordnung gesorgt hatte, setzte sie sich auf den einzigen Stuhl und klopfte mit den Fingern auf die Tischkante. Wie lange wollte er sie noch warten lassen? Sie waren kaum zwei Stunden getrennt, doch es fühlte sich an als wäre ein Tag vergangen, seit sie sich das letzte Mal gesehen hatten. Und ein Tag ohne ihn war die Hölle.

Endlich hörte sie rasche Schritte, die sich ihrem Zelt näherten. Das musste er sein, na endlich! Sie sprang bereits auf, bevor die Zeltplane zurückgeschlagen wurde. Beinahe wäre sie ihm schon um den Hals gefallen, als sie erstarrte. Kaulder blickte sie aus glasigen Augen an. Er taumelte. Annes Herz schlug immer schneller und jagte das Blut durch ihre Adern.

"Kaulder, hast du getrunken?", fragte sie ungläubig. Die Frage beantwortete sich selbst, doch sie wollte es

nicht wahrhaben. Es war wie ein Schock. Die Alarmglocken läuteten lauter und lauter in ihr.

"Schätzchen", nuschelte er und sein sonst so schönes, warmes Lächeln jagte ihr einen kalten Schauer den Rücken hinab.

Er breitete die Arme aus und machte einen unbeholfenen Schritt auf sie zu. Anne wich zurück und hob warnend die Hände.

"Komm mir nicht zu nahe, Kaulder, ich warne dich."

Sie fühlte, wie sie zu zittern begann. Gott, sie hatte wirklich gehofft, dieses Gefühl so schnell nicht wieder zu haben, doch langsam, aber sicher, kroch diese tiefgreifende Angst wieder ihre Glieder hinauf, wie der schmierige Morgennebel in Redwood sich über den See ausbreitete. Sie schlich sich an ihr Herz heran und umschloss es mit eisigen Klauen.

Kaulder legte den Kopf zur Seite und schloss kurz mit einem breiten Lächeln die Augen. Er machte abermals einen wankenden Schritt auf sie zu und Anne wurde klar, dass sie nicht zu ihm durchdrang.

"Bleib. Wo. Du. Bist. Ich hab noch nicht verlernt, wie man einen Colt benutzt, verstanden?"

Er lachte, doch es war nicht das Lachen, das es ihr warm ums Herz machte und ihr das Gefühl gab, der glücklichste Mensch auf Erden zu sein. Es war dunkel und rau, schmutzig. "Du hast noch ganz andere Sachen von mir gelernt, hm?" Er grinste sie an. Ihr wurde schlecht.

Sie konnte nicht verhindern, dass sich ihr Mund vor Erstaunen öffnete. Ungläubig starrte sie ihn an, konnte

nicht glauben, was er gerade gesagt hatte. Es fühlte sich an, als hätte er etwas Heiliges zerstört. Wieso war er überhaupt betrunken? Was war los mit ihm? Sie erkannte den Mann der letzten Wochen nicht wieder. Immer mehr wurde eine Stimme in ihr laut, die sie fragte, ob alles nur eine Lüge gewesen war? Ob sie sich alles nur eingebildet hatte? Ob er sie nur in sein Bett hatte locken wollen...

Mason hatte sie gewarnt.

Ihr drehte sich fast der Magen um und vor lauter Entsetzen reagierte sie zu spät, als Kaulder auf sie zukam. Er packte ihr Gesicht mit seinen Händen und küsste sie unwirsch. Sie stolperten zurück, bis sie an die Kante des Tisches stießen und diesen zurückschoben, ehe er von der Zeltplane aufgehalten wurde. Anne roch seinen alkoholisierten Atem, schmeckte das Bier und den Whiskey in seinem Mund. Das letzte Mal, als ein sturzbetrunkener Mann seine Lippen auf ihre gepresst hatte, hatte sie sich danach den Tod gewünscht. Grausige Bilder suchten sie aus der Vergangenheit heim. Sie begann zu strampeln und gegen seine Brust zu schlagen, doch er reagierte überhaupt nicht. Seine Hand sank tiefer, er küsste ihren Hals. Anne wollte ihn davon abhalten, doch er bewegte seine Lippen, als wäre sie überhaupt nicht da. *In Wirklichkeit bist du es, der nicht da ist*, schoss es ihr durch den Kopf.

Jetzt reichte es ihr. Sie zwang sich, sich zusammenzureißen. Sie verdrängte ihre Angst, verdonnerte die hässlichen Fratzen von Bills räudiger Bande in eine dunkle Ecke ihres Gedächtnisses und erinnerte sich, wer sie war.

Sie hatte keine Angst mehr. Nicht vor irgendwem und auch nicht vor ihm, Kaulder. Sie würde nicht mehr das Opfer abgeben. Mit aller Kraft, die sie aufbringen konnte, schlug sie ihm ihr Knie zwischen die Füße. Wie erhofft wich er mit einem Aufschrei zurück und krümmte sich. Anne holte aus und donnerte ihre Faust in sein Gesicht. Er fiel zu Boden.

Sie blickte abfällig auf ihn hinab. Sie hätte weiß Gott Lust, ihm auch noch ihren Stiefel in die Magengrube zu rammen. Männer, sie waren alle gleich, das hatte er sie ein für alle Mal gelehrt! John musste ein Wunder der Natur gewesen sein. Vor lauter Wut spürte sie nicht einmal die schmerzenden Knöchel ihrer Hand, mit der sie den Schlag platziert hatte. Mit wirbelndem Rock wandte sie sich ab und verließ ihr Zelt. Sie drehte sich nicht mehr nach ihm um. *Soll er dort liegen bleiben und an seiner eigenen Kotze ersticken*, dachte sie wutentbrannt, während sie auf Masons Zelt zustürmte.

Sie riss den Eingang auf und fand einen erstaunten Mason vor, der von seinen Büchern aufsah.

"Halleluja, was ist denn hier los?"

"War Kaulder bei dir?", sie verschränkte die Arme und sah ihn aufgebracht an. Als ihre Arme ihren Körper berührten, spürte sie, dass einer der Knöpfe an ihrem Bauch wohl ausgerissen war. Verlegen versuchte sie die Stelle möglichst unauffällig zu bedecken und bemerkte nicht, dass Mason es bereits zur Kenntnis genommen hatte. Er brauchte nur eins uns eins zusammenzuzählen, was ihren aufgewühlten Zustand betraf.

"Ja, er war hier", sagte er ruhig, Skepsis lag in seiner

Stimme, als er sich in seinem Stuhl zurücklehnte.

"Worüber habt ihr gesprochen?" Sie klang vermutlich anklagender als sie wollte. Womöglich hoffte sie tatsächlich, irgendeine Erklärung von Mason zu bekommen, die plausibel genug war, um Kaulders Verhalten entschuldigen zu können. Es war nahezu beschämend, wie sehr sie sich das wünschte.

"Setz dich doch erst einmal", sagte er und deutete auf den leeren Stuhl auf ihrer Seite des Schreibtisches. Anne schnaubte, ihr war nicht nach Sitzen, am liebsten wäre sie wie eine Furie auf und ab gelaufen. Doch sie folgte seiner Bitte. Sie war so angespannt, dass sie sich nicht einmal anlehnte.

Mason musterte sie eine Weile, ehe er sagte: "Ja, Kaulder war hier und wir haben über die neue Showeinlage gesprochen. Anschließend ist er wutentbrannt wieder abgedampft."

"Aha." Es klang reichlich niedergeschlagen. Er war wutentbrannt abgedampft, hatte sich betrunken und wollte seinen Frust bei ihr ablassen. So sah es aus. Ganz einfach, nichts Besonderes. Nichts Weltbewegendes.

"Er hat sich betrunken, oder?"

Anne nickte und konnte Mason nicht einmal in die Augen sehen. Plötzlich war sie den Tränen nahe.

"Anne, wenn ich dir einen Rat geben darf... Halt dich von ihm fern, so wie du es von Anfang an getan hast. Er war schon immer ein Säufer und es wäre töricht, zu glauben, er würde sich ändern. Schon gar nicht für dich. Er hat genügend andere Weibsbilder, die sich um ihn reißen und ihn nehmen, egal ob er bei Sinnen ist oder

nicht."

Es kostete sie all ihre Beherrschung, nicht in Tränen auszubrechen. Sie atmete konzentriert aus und ein und massierte mit Daumen und Ringfinger ihre Schläfen um sich zu beruhigen. Was hatte sie nur getan? Was in Gottes Namen hatte sie glauben lassen, Kaulder würde sie wirklich wollen? Mason hatte Recht, sie war doch viel zu kompliziert. Kaulder konnte eine ganze Reihe an Frauen haben, die sich wirklich nicht darum scherten, ob er sich überhaupt ihre Namen merkte.

"Kindchen", fuhr Mason tröstend fort, als ihr eine Träne entwischte, "wie konntest du nur dein Herz an ihn verschenken? Ausgerechnet ihn?"

Sie schüttelte niedergeschlagen den Kopf: "Diese Frage habe ich mir in den letzten Minuten Tausende Male gestellt."

Mason betrachtete sie mitfühlend: "Weißt du, ich weiß nicht, was er dir erzählt hat, aber er hat schlimme Dinge getan. Als Goldgräber. Er war schon immer ein grausamer Mann, egal in welcher Hinsicht. Und als der Goldrausch vorbei war schien ihm plötzlich etwas gefehlt zu haben. Er wusste wohl nichts mehr mit sich anzufangen, ich weiß es nicht. Also hat er zur Flasche gegriffen."

Offensichtlich war Kaulder ein völlig anderer Mensch als sie gedacht hatte. Ihre Menschenkenntnis war wohl mehr als schlecht. Was hatte sie nur in ihm gesehen? War sie so blind gewesen? Es sah ganz so aus, als hätte sie sich in ein Monster verliebt!

"Ich...", sie stockte und schüttelte den Kopf abermals,

ehe sie aufstand und Mason unschlüssig ansah, "ich werde jetzt einen Spaziergang machen."

Entmachtet

"Anne? Anne, wo bist du? Bist du hier?"

Kaulder war aufgewacht und wie sich das Geschehene vor ihm abspielte, glich es einem schwarzen Vorhang, der aufgezogen wurde und schließlich schwer auf ihn herniederfiel. Er war lediglich in seine Hose gesprungen und sofort aufgestanden und aus seinem Zelt gestürmt, ohne auch nur eine Minute nachzudenken. Er musste das sofort klären. Er musste mit Anne reden. Jetzt gleich.

Er schlüpfte unwirsch durch den Eingang, doch ihr Zelt war leer. Abermals riss er die Plane zur Seite um wieder auszutreten und wurde draußen von Anne und ihrem Revolver in Empfang genommen. Offensichtlich hatte sie dort auf ihn gewartet. Sie lächelte nicht einmal ihr überlegenes Lächeln, ihre Gesichtszüge schienen wie eingefroren. Ihren Colt hielt sie locker mit einer Hand auf ihn gerichtet.

"Oh", entfuhr es ihm erstaunt, "Anne, lass mich erklären."

"Es gibt nichts zu erklären. Spar dir die Worte." Die Eiseskälte in ihrer Stimme riss mit langen Fängen Striemen in sein Herz. Was hatte er nur getan?

"Anne, ich möchte mich entschuldigen. Es tut mir leid, okay? Ich war nicht ich selbst."

"Sagst du das beim nächsten Mal auch? Und beim übernächsten Mal? Oh nein, warte, es war ja schon das zweite Mal. Für wie dämlich hältst du mich, Ross?"

Wieder riss sie eine Wunde in sein Herz. Ross. Sie sprach ihn wieder mit seinem Nachnamen an. Womöglich war sie bereits zu weit fort, um sie zurückzuholen... Und er konnte es ihr weiß Gott nicht verübeln.

"Ich werde es nie wieder sagen, weil ich nicht mehr trinken werde. Das schwöre ich bei allem, was mir lieb ist."

Sie lachte trocken: "Nach gestern Abend weiß ich beim besten Willen nicht mehr, was dir lieb und teuer ist."

Es hätte in diesem Moment keinen Sinn gehabt, ihr zu sagen, dass sie alles war, was ihm lieb und teuer war. Dass sie seine Welt war. Warum nur war er so ein verdammter Idiot?

"Anne ich... könntest du nicht wenigstens diesen Revolver runternehmen?"

Sie antwortete ihm nicht und machte keine Anstalten, die Waffe zu senken.

Er seufzte: "Anne, du musst mir jetzt vertrauen. Wir müssen von hier weg gehen. Bitte. Komm mit mir."

Zum ersten Mal, seit er das Zelt betreten hatte, regte sich etwas in ihrem Gesicht: Sie machte große Augen.

"Wir müssen was?", fragte sie ungläubig.

"Gehen. Weg von hier. *Ich* muss gehen."

Sie lachte abermals ein böses Lachen: "Und ich soll mitkommen? Hast du noch einen Kater von gestern, oder wie kommst du auf solch aberwitzige Ideen? Du wirst mir in nächster Zeit nicht mehr zu nahe kommen, ohne dass ein Revolver auf dich gerichtet ist, Kaulder Ross, und ich werde schon gar nicht mit dir irgendwo

hingehen."

Er ließ die Schultern hängen. "Anne, ich habe keine Wahl. Ich muss gehen. Und zwar sofort."

Sie zuckte die Schultern: "Dann tu das. Niemand hält dich auf. Da ist der Ausgang." Sie deutete den Gang zwischen den Zelten hinab.

In der Stille, die folgte, suchte er in ihrem Blick nach der Magie, die sie beide verbunden hatte. Doch er fand nur Kälte. Selbst diese kurze, leise Zweisamkeit ließ sie nicht zu.

"Raus jetzt hier."

"Anne..."

"Ich sagte: *Raus. Hier.*"

Sie ging mit dem Colt voraus auf ihn zu und spannte den Hahn. Es machte nicht den Anschein als würde sie zögern abzudrücken. Zumindest konnte er sich nicht sicher sein. Langsam ging er rückwärts, verließ seinen Platz am Zelteingang und hob kurz die Hände.

"Was soll das, Anne? Meinst du, du kannst nur noch so mit mir umgehen, weil ich dich sonst anfalle?"

Er konnte nicht anders, Wut brandete in ihm auf.

"Ja, vielleicht denke ich das."

„Anne, Mason wird die High Noon Wettbewerbe einführen. Willst du da ernsthaft mitmachen?"

„Die Männer, die teilnehmen, tun das aus freien Stücken", sagte sie schroff, es klang wie einstudiert. Offensichtlich hatte sie sich bereits eine Ausrede zurechtgelegt, die ihr gewährte, weiter bei der Show mitzuwirken.

Er holte tief Luft und sah sie abermals eindringlich an: „Anne, bitte, hör auf dein Herz. Komm mit mir."

In diesem Augenblick trat Mason, der ihr Gespräch offensichtlich gehört haben musste, aus seinem Zelt. Er trat ein Stück weit näher und verschränkte die Arme. *Als wäre er ihr Beschützer,* dachte er wütend, *und ich bin hier nicht der Bösewicht, zum Himmel!*

"Mein Herz ist und bleibt eine Geisterstadt, Ross."

Er drang nicht zu ihr durch, er hatte keine Chance. Wenn sie ihn hasste, gut, sie hatte alles Recht dazu. Doch er wollte sie wirklich nicht hier lassen. Damit beging sie einen fatalen Fehler, das würde er nicht zulassen. Sein Blick fiel auf Mason, der ihn anstarrte als wünschte er ihn tot. *Womöglich begehe ich damit den größten Fehler, doch ich muss gehen.*

Langsam, wie ein Tier, das vor seinem Angreifer zurückwich, ging er rückwärts und wandte sich schließlich um. Er blickte nicht zurück, warf ihr keinen letzten Blick zu - er würde es nicht ertragen. Er holte Jack, sattelte ihn und ritt vom Gelände. Kein bekanntes Gesicht blickte ihm entgegen, als er von dannen ritt. Anne kam nicht, was trotz allem eine winzig kleine Hoffnung in ihm gewesen war. Er musste sie zurücklassen. Sein Pferd verfiel in einen zügigen Trab und er würde möglichst viel Land zwischen sich und den Hangman Circus bringen müssen.

Von heute an war er vogelfrei.

Peng.

Der erste Mann fiel zu Boden. Die Menge grölte. Annes Blick richtete sich auf Chang, der sich die Lippen leckte wie ein Raubtier, das Beute gemacht hatte. Das

gefährliche Glitzern in seinen Augen war ihr nur allzu gut bekannt und sie wusste, warum sie bisher gut daran getan hatte, sich von ihm fernzuhalten.

Sie hatten Redwood hinter sich gelassen und waren endlich in einer neuen, weitaus angenehmeren Stadt angekommen. Hiermit war die erste Runde des High Noon Wettbewerbs offiziell vonstattengegangen und die Zuschauer jubelten. Sie fragte sich, ob sie anders war als diese Menschen? Im Gegensatz zu ihnen, hatte Anne nach all dieser Zeit keinerlei Probleme mehr, Blut oder dergleichen zu sehen. Selbst der Tod machte ihr keine Angst. Doch sie genoss es nicht. Das war der Unterschied. Sie ertrug es, sie zuckte nicht mit der Wimper, doch es bereitete ihr keine Freude.

Peng.

Eine neue Runde, der nächste Mann fiel tot zu Boden. Der Jubel wurde lauter. Anne sah, wie zwei Männer in der Menge ein Bündel austauschten. Offensichtlich waren Wetten abgeschlossen worden. Wetten auf den Tod, Wetten auf das Leben. Anne betrachtete den Mann, der tot im Staub lag, und fragte sich, für wie viel Geld man wohl mit seinem Leben spielte? Sicherlich war keiner dieser Männer sonderlich glücklich. Es schien Jahrhunderte her zu sein, da hatte sie sich selbst den Tod gewünscht, und doch fand sie es jetzt bedauernswert, andere zu sehen, die diesen Kampf offensichtlich verloren hatten.

Was sich vor ihren Augen abspielte, zeigte ihr, wie stark sie geworden war und diese Stärke hielt das, was sich in ihrem Inneren abspielte, davon ab, ihr den Bo-

den unter den Füßen wegzuziehen. Es tat weh, sich einzugestehen, wie sehr sie sich in Kaulder getäuscht hatte und doch war es genau das, was sie davor bewahrte, den Verstand zu verlieren. *Er ist es nicht wert*, sagte sie sich immer und immer wieder und sie würde es sich noch so lange sagen, bis sie es vollends glaubte. Es war alles nur gelogen gewesen und deshalb gab es keinen Grund, dass ihr das Herz brach.

Peng.

Runde drei. Der letzte Mann für heute fiel tot zu Boden. Die Leute sprangen auf, kreischten aufgeregt und schienen in allerbester Feierstimmung zu sein. An den Toten schien keiner eine Sekunde zu verschwenden. Er war bereits vergessen.

Anne sah zu Mason, dem Chang mit einem wölfischen Grinsen auf die Schulter klopfte. Der Hangman blickte zufrieden auf die begeisterten Leute hinaus. Offensichtlich war er mehr als glücklich mit dem Erfolg seiner neuen Attraktion. Er quittierte Annes Blick mit einem Lächeln und kam auf sie zu. Zu ihrer Überraschung legte er einen Arm um ihre Schulter und drückte sie an sich, als sie den Showplatz verließen.

"Na, das war mal eine Show, nicht? Die Leute sind schier ausgeflippt!"

Anne war unbehaglich zumute. In all der Zeit hatte Mason sie so gut wie nie berührt. Es war ihr immer vorgekommen, als verstünde er, was in ihr vorging, als bestünde ein stilles Abkommen zwischen ihnen. Sie schluckte ihre Beklommenheit hinunter, denn sie wusste, dass es lediglich an seiner Euphorie liegen musste.

Davon abgesehen hatten sie ja nie ein wirklich über ihre Vergangenheit gesprochen oder gar eine Übereinkunft geschlossen.

"Ja, das sind sie", sagte Anne und bemühte sich, etwas Begeisterung zu zeigen.

Mason fiel es ohnehin nicht auf, er war zufrieden mit sich und der Welt. Sie waren bereits ein gutes Stück gegangen und mit jedem Meter stieg Annes Unbehagen weiter auf. Irgendwie brachte sie es fertig, sich halbwegs unverfänglich aus Masons Umarmung zu lösen, woraufhin er sie mit einem Blick bedachte, den sie nicht zu deuten wusste. Doch er sagte nichts.

"Kommst du noch mit?"

Anne schüttelte den Kopf: "Nein."

Wenn Mason in dieser überschwänglichen Stimmung war - und diese auch noch mit toten Menschen zu tun hatte - war Anne nicht sonderlich scharf darauf, sich seine Ausschmückungen anzuhören. Das durfte gerne ein anderer übernehmen. Sie würde schön in ihr Zelt gehen und sich um ihre Angelegenheiten kümmern. Um ihr angeknackstes Herz zum Beispiel.

"Na gut", meinte Mason, dessen Gesichtsausdruck von ärgerlich zu versöhnlich zu wechseln schien, "dann gute Nacht."

"Gute Nacht, Mason."

Morgen würden sie aufbrechen und zu ihrem nächsten Veranstaltungsort reisen. Sie hatten zwei Vorführungen gegeben. Sechs Tote. Die erste Vorstellung hatte Anne sich noch angesehen, die zweite nicht mehr. Ihre

Gedanken waren ohnehin woanders. Ihre eigenen Tricks mit einem anderen Pferd zu machen, da Kaulder Jack mit sich genommen hatte, verlangte ihr genug ab, ganz davon abgesehen, dass ihr Herz einen deutlichen, schmerzhaften Riss aufwies.

Anne traf die letzten Vorbereitungen, um für den Aufbruch morgen bereit zu sein und ging mit ihren Armen voll Hab und Gut zu ihrem Zelt. Sie war müde und hätte sich sicherlich auf ihr Bett gefreut, hätte sie nicht gewusst, dass sie heute ebenso wenig schlafen würde wie die letzten Nächte. Die Dämmerung senkte sich bereits mit langen Schatten auf das Lager herab und ließ die Temperaturen ein wenig sinken.

Sie schlüpfte durch den Eingang hindurch und trat ins Halbdunkel. Ihr entfuhr ein Schrei, der von einer Hand, die sich auf ihren Mund presste, erstickt wurde. Die Schüsseln und Bürsten, die sie gereinigt hatte, fielen zu Boden. Das laute Scheppern kam ihrem Erschrecken gleich. Sie fühlte sich als bekäme sie keine Luft und müsse ersticken, doch bevor sie sich alle möglichen schrecklichen Szenarien ausdenken konnte, sah sie Kaulders Gesicht aus den Augenwinkeln.

"Leise", sagte seine dunkle Stimme flüsternd zu ihr.

Sie wusste nicht, ob seine Anwesenheit sie beruhigte oder beunruhigte, doch sie beschloss vorerst nicht loszuschreien. Sie konnte keinen Alkoholgeruch wahrnehmen. Automatisch fasste sie an ihren Rücken und erschrak, als sie ihren Revolver nicht vorfand.

"Entschuldige", sagte er und hob seine Hand, in der er die Schusswaffe hielt, "deine Argumente, ein Gespräch

mit mir zu vermeiden, wären sonst zu gut."

Sie sah auf einen weiteren Revolver hinab, der sich in einem ledernen Holster an seinem Oberschenkel befand. Offensichtlich fühlte er sich nicht allzu erwünscht im Circus.

"Das ist eines der Dinge, die ich dir gerne erklären würde", sagte er, als er ihrem Blick folgte.

"Ich kann's kaum erwarten", sagte sie kühl.

Kaulder zog sich den Stuhl hervor und setzte sich darauf. Unter ihm wirkte das hölzerne Gestell merkwürdig winzig und zerbrechlich. Er sah sie nachdenklich an.

"Gut, was ich dir gleich erzähle, wird dir vermutlich im ersten Moment unglaubwürdig erscheinen, aber ich will dich an meiner Seite und ich hab nichts mehr zu verlieren, also kann ich dir alles sagen."

Sie war überrascht über seine Worte, seine Ehrlichkeit und die Selbstverständlichkeit, mit der er sie aussprach. Wie konnte er so unverblümt darüber sprechen als wäre nichts gewesen, während sie jeden Moment das Gefühl hatte, es würde ihr das Herz zerreißen?

"Ich habe dir doch erzählt, dass ich Goldgräber war."

Sie sagte nichts und hatte auch nicht vor, die Vertrautheit der "alten Zeiten" jetzt und hier aufleben zu lassen und mehr als nötig mit ihm zu kommunizieren.

Kaulder seufzte: "Dort habe ich Mason kennengelernt."

Es war nicht zu vermeiden, dass Erstaunen in ihrem Gesicht aufflackerte.

"Eines Nachts hörten wir Geräusche und gingen nach draußen. Wir hatten am Tag zuvor einen guten Fang

gemacht und nun ja… Wir hatten gefeiert und getrunken. Ein Claim Jumper versuchte sich unser Schürfgebiet unter den Nagel zu reißen. Er hatte uns überraschen wollen, es kam zum Kampf und… Ich hab nicht aufgehört, auf ihn einzuschlagen, bis er tot war." Er sah Anne an: „Das hätte es nicht gebraucht. Wir hätten ihn zum Marshall bringen sollen und… Was ich dir sagen will – das war das erste Mal, dass ich mich für mich und das, was der Alkohol aus mir macht, geschämt habe."

Mason hatte ihr gesagt, er wüsste lediglich, dass Kaulder vor seiner Zeit hier Goldgräber gewesen war. Er hatte ihr nicht gesagt, dass er Teil dieser Unternehmung gewesen war. Und ebenfalls gelogen gewesen war, dass er nicht gewusst hätte, weshalb Kaulder den Lebensstil pflegte, den er pflegte…

Sie sagte nichts und sah ihn nur weiter an. In seinem Gesichtsausdruck sah sie, dass er gehofft hatte, sie damit zu erreichen. Vermutlich hatte er geahnt, oder gar gewusst, dass Mason ihr diese „Details" verschwiegen hatte. Doch sie schottete sich weiterhin ab.

„Niemand außer Mason hat es gesehen und er hatte mir versprochen, es für sich zu behalten. Ich hatte zu viel Angst, mich schuldig zu zeigen, womöglich hätten sie mich am Ende noch gehängt. Als der Goldrausch vorbei war, hat Mason den Hangman Circus gegründet und da Jack schon immer mein Fels in der Brandung gewesen war, hab ich eingewilligt, mit meinen Pferdestunts einzusteigen. Und bis vor einigen Tagen war ich tatsächlich noch der Meinung, Mason sei mein Freund."

"Warum hast du dich so sehr in die Trinkerei gestürzt nach dem Goldrausch? Ich meine, dort sterben Männer nun einmal immer wieder und der Claim Jumper war dir kein Vertrauter, also…"

Er senkte den Blick und ließ mit seiner Antwort auf sich warten: "Ich hab seine Frau gesehen, als wir heimgekehrt sind. Seine beiden Söhne... Sie waren am Ende. Ich hab..." Er holte tief Luft: "Ich hab dieses Bild und das unendliche Gefühl von Schuld bis heute nicht vergessen können."

"Während dieser Zeit haben sich dort sicherlich Tausende solcher Schicksale abgespielt."

Er nickte: "Ja, ich weiß. Und trotzdem. Für dieses eine war ich verantwortlich und nicht nur verantwortlich, es hätte nicht sein dürfen. Nicht so."

Anne nickte und verschränkte die Arme vor der Brust. Beinahe hätte sie sich auf das Gespräch eingelassen, doch sie würde ihn nicht mehr in ihre Nähe lassen, auch wenn es sie alle Überwindung kostete, die sie aufbringen konnte.

"Als Mason mit seinen verfluchten High Noon Wettbewerben gekommen ist, habe ich ihm gesagt, dass ich aussteige. Und da hat er die Schlinge zugezogen. Er hat mir gedroht, mich zu verpfeifen, wenn ich gehe. Ich hab wirklich gedacht, er wäre mein Freund. All die Jahre."

Sie wollte ihm nicht glauben. Er sah es an ihrem Blick.

"Anne, bitte, glaub mir. Mason ist nicht der, für den du ihn hältst. Er ist nicht der, für den *ich* ihn all die Jahre gehalten habe. Ihn interessiert lediglich sein Profit

und wie du siehst, geht er dafür über Leichen."

"Und du gehst jetzt besser aus meinem Zelt", sagte sie beherrscht.

"Anne, bitte komm mit mir. Du musst mir glauben, du bist hier nicht sicher."

Wut brandete in ihr auf. Sie hatte so lange alleine gekämpft und sie war verdammt gut durchgekommen und hatte mehr geschafft, als sie je für möglich gehalten hätte. Er hatte ihr nicht zu sagen, ob sie sicher war oder nicht.

"Ich werde schreien, ich verspreche es dir."

"Ich werde womöglich bereits gesucht, wenn Mason tatsächlich einen Brief oder einen Boten losgeschickt hat, um mich dranzukriegen. Das könnte mein Todesurteil sein."

Ihre Blicke begegneten sich.

"Dann solltest du dich mit dem Verschwinden beeilen."

Anne marschierte mit wütenden Schritten und aufgebracht wirbelnden Röcken zu Masons Zelt, nachdem sie sich sicher gewesen war, dass Kaulder wirklich verschwunden war. Sie war ungehalten, sie war verwirrt und sie wollte das Gefühl von Kontrollverlust, das an ihr nagte, loswerden. Kaulder konnte nicht auftauchen und verschwinden, wie es ihm beliebte und ihre ganze Welt ins Wanken bringen, er hatte schon genug Chaos in ihr ausgelöst!

„Mason?", rief sie und bekam ein bejahendes Gemurmel aus dem Zeltinneren zur Antwort.

Sie trat ein und erblickte den Hangman, dessen Gesicht von einer Kerze, die auf seinem Arbeitstisch stand, erhellt wurde. Er sah von seinen Büchern auf, kippte den Stift zwischen seinen Fingern zur Seite und lächelte.

Kurz darauf runzelte er die Stirn: „Alles okay?"

„Nein", sagte sie mit um ihren Bauch geschlungenen Armen. Ihre Finger strichen nervös an ihren Rippen auf und ab.

„Setz dich." Mason deutete mit einer knappen Geste auf den freien Stuhl vor dem Schreibtisch und lehnte sich anschließend zurück. Sein Gesicht fiel tiefer in Schatten und lediglich seine musternden Augen leuchteten hervor.

Anne nahm auf dem Stuhl Platz. Sie zügelte ihre Wut und sammelte sich so gut sie konnte, um Mason erst einmal ein paar Fragen stellen zu können.

„Kanntest du Kaulder bereits vor dem Circus?"

Einen Moment lang schien es so, als würde Mason seine Antwort abwägen, ehe er die Augen niederschlug: „Ja."

„Huh", stieß Anne überrascht und nahezu entsetzt aus. Sie kniff die Augen zusammen: „Warum hast du mir nichts davon gesagt? Nein – warum hast du mich angelogen?"

Mason seufzte: „Kaulder und ich, wir reden beide nicht gerne über unsere Vergangenheit und ich schätze, wir würden sie beide lieber vergessen."

Anne schürzte die Lippen und verschränkte die Arme. Sie musterte Mason. „Hast du ihn deshalb als Leibwächter ausgesucht? Weil er dir etwas schuldig ist?"

Abermals verengte Mason seine Augen. „Wir haben nie direkt darüber gesprochen, aber ich nehme an, dass er das so gesehen hat, ja."

„Er hätte sein Leben für dich gegeben."

Mason nickte, er wirkte beschämt: „Ja, das hätte er wohl."

„Und das ist es dir wert? Ihn auszuliefern? Wegen diesen High Noon Wettbewerben?"

„Ich brauche ihn als Stuntman, als Schmied, als Helfer... als rechte Hand. Ich...", er stockte und schüttelte ungläubig den Kopf, „deshalb hab ich ihn erpressen wollen. Aber er ist so ein verdammter Hitzkopf, er hat einfach alles hingeschmissen. All die Jahre scheinen ihm nichts zu bedeuten."

Anne seufzte und wunderte sich zugleich über sich selbst. Es kam ihr beinahe so vor, als stünde sie für Kaulder ein, dabei wollte sie ihn doch eigentlich endgültig loswerden!

„Er war vorhin bei mir."

Sie studierte Masons Reaktion, dessen Züge sich verhärteten. „Hat er dich bedrängt? War er wieder betrunken?"

Anne schüttelte den Kopf: „Nein. Aber er hat mir Angst gemacht. Ich..." Sie fragte sich, ob sie das Richtige tat, wischte ihre Bedenken jedoch zur Seite. „Ich will ihn nicht mehr sehen, Mason. Ich will, dass er nie wieder einen Fuß auf das Gelände des Circusses setzt."

Anne drückte den widerspenstigen Stoff ihres verschmutzten Rockes abermals unter Wasser in der klei-

nen Wanne. Luftblasen verfingen sich darin und ließen ihn aufquellen und Richtung Oberfläche drücken. Als könnte er etwas für ihre schlechte Laune, packte sie ihn aufgebracht und tauchte jedes Stück, das sich wehrte, nachdrücklich unter. Es kümmerte sie nicht, dass sie dabei ihr Oberteil bespritzte und einen Teil des herangeschleppten Wassers unnötig verschwendete, da es überschwappte. Sie knetete alles unter Wasser durch, um die Schmutzflecken in dem halbherzig mit harter Seife angerichtetem Wasser aufzuweichen. Immer wieder hob sie ihn heraus, wand ihn aus und tauchte ihn wieder ein.

Gerade als sie ihn ein weiteres Mal auswrang, hörte sie das Getrappel von mehreren Hufen, die sich dem Circus zu nähern schienen. Schnell vergewisserte sie sich, dass sie ihren Revolver auch sicher in ihren Gürtel hinter ihrem Rücken gesteckt hatte, ehe sie die Fremden auch schon erblickte. Sie waren uniformiert, ihre Pferde alle identisch gezäumt.

Der Sheriff, schoss es ihr durch den Kopf.

Sie hielten vor Masons Zelt an. Der Mann, an dessen Brust der funkelnde, silberne Stern schimmerte, stieg von seinem Braunen und rief ins Zeltinnere. Sogleich kam der Hangman heraus und die beiden unterhielten sich. Anne stand zu weit weg, um zu verstehen, worum es ging, doch sie hätte nur zu gern gewusst, was die Gesetzesmänner hier wohl wollten. Ob es etwas mit den High Noon Wettbewerben zu tun hatte? Vielleicht erlaubte er solche Praktiken in seinem County nicht? Oder hatte es gar etwas mit Kaulder zu tun? Nein, das…

Mason und der Sheriff schienen sich bereits vertraut

zu sein und sich geeinigt zu haben, denn Letzterer stieg wieder auf sein Pferd und die Truppe setzte sich in Bewegung um, an Anne vorbei, das Lager zu durchqueren.

„Das wirst du eines Tages bereuen, Mason, so wahr mir Gott helfe!"

Annes Augen weiteten sich. Der Klang dieser Stimme sandte ihr ein Prickeln den Rücken hinab. Es war gut eine Woche vergangen, seit sie sie das letzte Mal gehört hatte und sie hatte wahrlich gedacht, dass dies das letzte Mal gewesen wäre.

„Ein Tag ist alles, was du noch hast, Ross!", rief Mason zurück und grinste, als wäre es der beste Tag seines Lebens.

Anne hätte sich im nächsten Moment am liebsten hinter einer Wagenplane versteckt, doch sie wäre nicht schnell genug gewesen. Der Trupp erreichte sie und Anne wusste nicht, was sie erwartete. Als Kaulder sie jedoch erblickte, versteinerten seine Gesichtszüge. Es war keine Gefühlsregung herauszulesen, abgesehen davon, dass er nicht aussah wie ein gebrochener Mann. Stattdessen trug er sein Kinn hoch und sein Blick loderte regelrecht.

Doch was Anne am meisten überraschte, war, dass er nicht betrunken war. Sie hätte erwartet, dass er völlig am Boden wäre, nachdem er den Circus und somit auch sie endgültig verloren hätte. Dass er deshalb die letzten Tage in finsteren Kneipen und zwielichten Saloons zugebracht hatte. Sie konnte nicht verhindern, dass ihr Mund offenstand und ihr der eingedrehte Rock mit einem dumpfen, platschenden Geräusch aus den Hän-

den und zurück in die Wasserwanne fiel. Kaulder sah ihr nach, bis er sich einige Meter entfernt hatte, doch selbst bis zum letzten Augenblick war nichts in seinem Gesicht zu lesen.

Was bedeutete das? Verabschiedete er sich innerlich von ihr? Warum war ein Tag alles, was er noch hatte? Was geschah dann? Anne verschwendete keine Sekunde. Ihr schwante sehr wohl, was geschehen war. Sie rannte zu Mason und stürmte in sein Zelt. Überrascht sah er sie an und ließ sich langsam auf seinen Stuhl sinken.

„Was heißt das, Mason, er hat nur noch einen Tag? Was machen sie mit ihm?"

„Nun, was man mit einem Mörder eben macht. Man hängt ihn."

„Hängen?", stieß sie nicht ohne eine Spur Hysterie aus.

Mason lächelte bestätigend: „Ja, dann hast du endgültig deine Ruhe vor ihm. Du brauchst keine Angst mehr zu haben."

Anne machte große Augen und ließ sich, nicht wegen Masons Geste, sondern eher, da sie das Gefühl hatte, es zöge ihr jede Sekunde den Boden unter den Füßen weg, auf ihren angestammten Platz sinken. Sie würden ihn hängen? Schon morgen? Sie hatte ihn nicht mehr in ihrer Nähe haben wollen, das schon, doch wollte sie seinen Tod?

„Hast du... ihn verraten?"

„Ja. Nachdem *du* mir von seinem Besuch erzählt hattest, hab ich getan, was nötig war, damit du frei bist."

Also war es ihre Schuld. Sie hatte das zu verantworten.

Sie war es, die ihn an den Galgen führen würde. *Die Muse des Henkers*, ging es ihr durch den Kopf, *erhält dadurch eine völlig neue Bedeutung.* Ihr Künstlername schien zu einer erschreckenden Realität zu werden.

„Und damit *wir* endlich frei sind."

Anne blickte irritiert auf: „Wir?"

„Anne, seit ich dich das erste Mal gesehen habe, wusste ich, dass ich dich zur Frau will. Ich denke, ich habe dir nun genug Zeit gegeben…"

„Aber Mason, Kaulder…"

„Und da dieser Trunkenbold nun auch kein Thema mehr ist, steht uns nichts mehr im Wege, nicht wahr?"

Sie fühlte sich, als hätte ihr jemand ein Brett vor den Kopf geschlagen. Alles war wie leergefegt, sie konnte keinen einzigen klaren Gedanken fassen.

„Entschuldige, Mason, ich…"

Er unterbrach sie und das gefährliche Aufblitzen in seinen Augen ließ sie erstarren: „Es ist doch nun genug Zeit vergangen, seit dich diese Bastarde geschändet haben, oder nicht? Seit sie deinen Mann erschossen, eure Farm verwüstet und deine Tugendhaftigkeit in den Dreck gezogen haben. Na, meinst du nicht auch, Anne, dass es jetzt reicht?"

Sie fühlte sich, als schrumpfte sie auf die Größe einer Maus zusammen, die im Schatten eines übermächtigen Feindes in der Falle saß.

„Woher…?", war alles, was sie herausbrachte.

Mason zog die Augenbrauen hoch: „Ich weiß über all meine Schäfchen Bescheid. Und am allermeisten über die, die ich zur Frau nehmen möchte."

Chang, sicher war er es gewesen! Der Chinese konnte so lautlos schleichen wie kein anderer und war Masons liebster Spion. Doch dass er ihn eingesetzt hatte, um in *ihrer* Vergangenheit zu schnüffeln, hätte sie nie von ihm erwartet. Zumindest nicht damals...

Wenn auch sonst alles im Moment wie ein einziges, riesengroßes Wirrwarr in ihrem Kopf schien, so war sie sich einer Sache doch ganz im Klaren: Sie musste hier weg. So schnell sie konnte. Sie hatte Mason nie etwas von ihrer Vergangenheit erzählt und doch war er der Mensch gewesen, dem sie am meisten vertraut hatte. Wie hatte sie sich nur so täuschen können? Schon wieder? Oder hatte sie seine Andeutungen nur nicht sehen wollen, weil es so verlockend gewesen war, sich bei jemandem fallenlassen zu können? Sich dem Glauben hinzugeben, sicher zu sein? Vertrauen zu können? Genau wie bei Kaulder...

Oh Gott, was hatte sie nur getan.

„Oh Mason", sagte sie und versuchte, gerührt zu klingen.

Ein Lächeln trat auf sein Gesicht: „Heißt das *ja*?"

„Ja!", lächelte sie und ihr wurde übel bei dem zufriedenen Ausdruck auf seinem Gesicht. Sein penibel gepflegter Henriquette-Bart machte aus seinem selbstgefälligen Grinsen eine noch hässlichere Erscheinung.

„Wusste ich doch, dass du ein vernünftiges Mädchen bist."

„Das bin ich", bestätigte sie ihm mit einem Lächeln, das kein Wasser hätte trüben können, während ihr eigentlicher Plan im Hintergrund immer mehr Gestalt

annahm.

Sie hatte jetzt keine Zeit zusammenzubrechen und Gott und das Leben, in das er sie gesetzt hatte, zu verwünschen. Es blieb ihr nur noch diese Nacht, ehe sie sich in einem Gefängnis befinden würde, das keine steinernen Wände und eisernen Gitterstäbe benötigte, um sie für immer einzusperren. Morgen schon wollte Mason die Hochzeit stattfinden lassen. Er wollte keine Zeit verlieren, damit nur ja nichts mehr dazwischen kam, das wusste sie. Also hatte sie keine andere Wahl als sofort zu handeln.

Sie stopfte ihr nötigstes Hab und Gut in ihre Packtaschen, kontrollierte ihren Revolver und steckte eine frische Kerze in den Halter auf dem Tisch. Auf den Stuhl stellte sie eine große Zinkwanne aufrecht hin und ein rundes Knäuel aus Stoff darauf. Beim Verlassen ihres Zeltes ließ sie den Eingang unbefestigt, damit etwas Wind ins Innere gelangen konnte. So würde die Kerze flackern und man würde denken, es wäre die Silhouette ihres auf dem Stuhl sitzenden Körpers. Man würde denken, sie wäre immer noch hier.

Draußen begrüßte sie stockfinstere Nacht. Das Feuer der Feiernden war längst verglüht und es herrschte nahezu gespenstische Stille im Lager. Sie schlich zu Micks Zelt. Was sie vorhatte, konnte sie nicht alleine tun, und er war ihre einzige Chance. Wenn er sie verraten würde, wäre sie geliefert und ihr Leben zu Ende. Es blieb ihr jedoch nichts anderes übrig, als das Risiko einzugehen.

„Mick", rief sie ins Zeltinnere, „Mick, bist du wach?"

Es rumpelte etwas, dann lugte ein verschlafener Mick aus dem Zelt hervor.

„Anne?", fragte er mehr als verwundert, „was tust du hier?"

„Mick, ich brauche deine Hilfe. Du bist der einzige, zu dem ich gehen kann."

„Was ist denn passiert? Geht es dir gut?"

„Hör zu", sagte sie und senkte ihre Stimme noch mehr, „sie wollen Kaulder hängen. Morgen. Und Mason will mich heiraten. Ebenfalls morgen. Ich muss also hier weg, so schnell ich kann, und ich muss Kaulder retten. Hilfst du mir?"

Micks Augen wurden immer größer und größer, während sie sprach. „Ich, äh… Warum wollen sie Kaulder denn hängen?"

„Das erzähle ich dir unterwegs, du musst es mir einfach glauben. Ich schwöre dir, dass es so ist."

„Und aber… hat Mason um deine Hand angehalten?"

„Ja."

„Und du hast *ja* gesagt?"

„Ja."

„Aber…"

„Das erzähle ich dir auch unterwegs. Uns bleibt keine Zeit mehr. Also was ist?"

Mick beäugte sie kritisch. Dann verschränkte er die Arme. „Warum sollte ich dir glauben? Ich denke, das war das längste Gespräch, das wir je geführt haben. Ich weiß rein gar nichts über dich."

„Genau deswegen", sagte sie und unterdrückte ein Lachen. Er war so herrlich ehrlich, deshalb war auch er der

205

einzige, dem sie hier noch traute.

„Du standest Kaulder am nächsten. Ich schätze, er würde dasselbe für dich tun."

„Ist er denn unschuldig?"

„Nun ja…"

„Um Himmels Willen, ich verstehe überhaupt nichts, aber wenn ich dich so ansehe, kann ich mir nicht vorstellen, dass du mir etwas vorgaukelst. Also los, schnappen wir uns ein paar Pferde. Und ich hoffe, ich muss dir nicht sagen, was passiert, wenn du mich angelogen hast?"

„Ich nehme Jack", nickte Anne und eilte voraus.

Riskant

Sie hätte es fast schon vermisst, dieses Loch namens Redwood. Bereits von weitem drang einem wieder dieser modrige, faulige Geruch in die Nase und Anne hatte das Gefühl, dass dieser nachts noch intensiver war als am Tag.

Immer wieder rutschte Jack auf dem durchnässten und spärlich bewachsenen Boden aus, was Anne das ein oder andere Mal erschrocken ans Sattelhorn greifen ließ. Micks Pferd und ihrem dritten Pferd nebenan erging es nicht besser, nur dass Mick wohl lediglich ein Grizzly aus dem Sattel hätte werfen können. Er war felsenfest in den Bügeln verankert und Anne war froh, ihn an ihrer Seite zu haben.

Sie bewegten sich am Waldrand entlang, um möglichst lange nicht aufzufallen. Ein Schwarm schwarzer Vögel sprengte neben ihnen auf. Keiner der drei - außer Anne - schnappte erschrocken nach Luft. Die Krähen riefen aufgeregt durcheinander und zogen über sie hinweg wie ein unheilverkündendes, gespenstisches Omen.

Anne fröstelte. Sie rieb über den dünnen Stoff ihrer Bluse ihren Arm hinauf und biss die Zähne zusammen. Sie fühlte sich als wäre sie Teil eines Himmelsfahrtskommandos.

In einiger Entfernung erblickten sie nun bereits die Stadt, die sich lediglich durch noch tiefere Schwärze von der Umgebung abhob. Sie wirkte wie ausgestorben. Womöglich hatten ihre Einwohner noch an den Nach-

wirkungen des Hangman Circusses zu knabbern.

Stille umhüllte das Duo auch, als sie sich vom Waldrand abwendeten und sich Redwood näherten. Ein kalter Lufthauch wehte über die offene Ebene und Anne wusste, dass es jetzt kein Zurück mehr gab. Es war kein gutes Gefühl, sich auf offenem Terrain zu befinden und jederzeit gesehen werden zu können. Wenn jemand sie für verdächtig hielt, bevor sie ihr Vorhaben in die Tat umsetzen konnten, war Kaulders letzte Chance dahin.

Als sie schließlich hinter der Gebäudereihe entlangritten, fragte Anne sich nochmals, ob sie das Richtige tat. Zugegebenermaßen hatte sie auf dem Weg hierher Gewissensbisse gehabt. Sie ging ein furchtbar hohes Risiko ein – wofür? *Dafür, dass Kaulder den nächsten Sonnenuntergang noch erlebt.* Es durfte nicht so für ihn enden und sie hatte es definitiv mitzuverantworten, dass er im Gefängnis saß.

„Das ist es", flüsterte Mick und begutachtete die Rückseite des Gefängnisses, „ein gottverdammtes Glück, dass hier alles aus morschem Holz ist. Bei einem aus Stein hätten wir es weitaus schwerer."

Er grinste Anne an und ein Teil der Anspannung fiel von ihr ab. Er war wirklich ein guter Mann, das stellte sie mit jeder Minute, die verging, fest. Vielleicht hätte sie sich ja nicht von allem im Circus fernhalten müssen.

„Also machen wir es wie besprochen?"

Mick sah ihr in die Augen und Anne nickte, woraufhin er das dritte Pferd nebenan anband. Währenddessen dirigierte sie Jack seitlich zur Rückwand des Gefängnisses und stellte ihre Füße auf den Sattel. Langsam erhob

sie sich und sah von oben auf Jacks Hals hinab. Das Pferd stand ruhig da und hatte seine Ohren aufmerksam zu ihr gedreht. Anne holte tief Luft und wandte sich ihrer Aufgabe zu. Zwischen Dach und Wand waren kleine Schlitze.

„Kaulder?", fragte sie so leise sie konnte.

Es kam keine Antwort.

„Kaulder?", rief sie etwas lauter und presste ihr Gesicht so gut sie konnte unter den Dachvorstand. Sie bildete sich ein, Geräusche aus dem Inneren zu hören.

„Anne?", Kaulders Stimme klang ungläubig. Sie war selbst überrascht, wie groß der Stein zu sein schien, der ihr vom Herzen fiel.

„Kaulder", bestätigte sie, „klopf gegen die Wand, damit ich weiß, wo du bist."

„Was zur Hölle hast du vor?"

„Wir holen dich da raus."

Stille. Anne wusste, dass er darüber nachdachte, wie er das verhindern konnte, doch es würde ihm schnell klar werden, dass es seine einzige Chance auf Freiheit – und somit auf sein Leben - war.

„Nein", war die Antwort.

„Kaulder, das war keine Frage. Morgen früh sehen wir uns sonst am Galgen wieder. Das ist deine letzte und einzige Chance. Hinter uns stehen nicht so viele in der Schlange, um dich hier rauszuholen."

Er sagte nichts mehr.

„Ich lasse dir jetzt ein Seil runter. Mick wird eine der Latten unten abschlagen. Dann müssen wir schnell sein, hörst du?"

Anne hätte ihn vor Wut am liebsten angebrüllt, als er wieder nicht antwortete, doch das würde die halbe Stadt wecken.

„Ich mach das hier mit oder ohne deine Hilfe", knurrte sie und begann, das Seil durch den Schlitz zwischen Dach und Rückwand zu fädeln.

Erst als es ihr jemand aus den Händen zog, wusste sie, dass er, wenn auch unwillig, mitmachen würde. „Dein Pferd steht angebunden auf der rechten Seite."

Sie ließ sich zurück in den Sattel gleiten und knotete das Seil so fest sie konnte ans Sattelhorn. Dann nickte sie Mick zu, der mit einer Axt eine der unteren Latten beschädigte. Nervös sah sie sich um. In der sie umgebenden Stille war das verdammt laut, der ein oder andere öffnete womöglich bereits irritiert die Augen in seinem warmen Bett.

„Schnell", zischte Anne, als Mick nach dem anderen Seilende fingerte, das Kaulder unter der Wand durchsteckte. Er bekam es zu fassen und schwang sich so schnell er konnte in den Sattel. Auch er knotete das Seil an seinem Horn fest und nickte Anne zu.

„Los."

Sie trieben ihre Pferde an und schon bald kam das Seil auf Zug.

„Jetzt leg dich ins Zeug, Jack", flüsterte Anne, die sich zur Seite lehnte, um dem Seil, das auf Spannung kam, Platz zu geben.

Die beiden Pferde gruben die Hufe in den weichen Boden und lehnten ihr gesamtes Gewicht nach vorne. Es regte sich nichts. Anne sah verunsichert zu Mick, der

sie anwies, Jack noch mehr anzuspornen. „Na komm schon", murmelte sie und veranlasste Jack, sich noch mehr ins Seil zu hängen. Ein lautes Knacken ertönte. „Ja, weiter so!", jubelte sie und spürte deutlich, wie sich der Rücken des Pferdes unter dem Sattel aufwölbte, als es mit all seiner Kraft zog.

Lautes Knacken und schließlich ein noch lauteres Scheppern ertönte, als die Wand endlich nachgab. Die Holzbretter zerbarsten und fielen in sich zusammen. Sie hatten es geschafft! Ihre Pferde nahmen schnell Geschwindigkeit auf, als sie die Last los waren. Doch Anne hielt Jack zurück und wendete ihn. Während er nervös tänzelte, machte sie das Seil vom Horn los und sah zurück. Sie sah einen Mann aus der aufgerissenen Rückwand des Gefängnisses klettern, der sich umsah und schließlich das freie Pferd erblickte. Er stieg auf und flog ihnen hinterher. Erst, als Anne sich sicher war, dass es Kaulder war, ließ sie Jack freien Lauf.

„Danke, dass du auf mich gewartet hast", rief Kaulder, der seinen Sinn für Humor offensichtlich noch nicht verloren hatte.

„Ich wollte nur sicher gehen, dass wir nicht den Falschen befreit haben und ich ihn erschießen müsste."

Er schloss näher zu ihr auf: „Es gab 'ne Zeit, da hättest du erst recht geschossen, wenn ich es gewesen wäre."

„Keine Angst", rief auch sie, „diese Zeit ist noch nicht vorbei."

Meilenweit von Redwood entfernt hatten sie ihre Pferde schließlich gezügelt und ein provisorisches

Nachtlager aufgeschlagen. Mick und Kaulder hatten sich einiges zu erzählen und Anne beschloss, sich etwas Zeit für sich zu nehmen. So entfernte sie sich ein Stück weit und streifte durch den bemoosten Wald. Der Klang von plätscherndem Wasser ließ sie aufhorchen und sie folgte ihm. Einige Meter weiter tat sich ein wohl drei Mann hoher Wasserfall vor ihr auf, der eine bewachsene Felswand hinabprasselte und einen kleinen Bach speiste.

Vorsichtig kletterte sie über die glitschigen Steine, bis sie nah genug war, um etwas von dem kühlen Nass mit ihren Handflächen aufzufangen und zu trinken. Um die ruhige Atmosphäre noch etwas länger zu genießen, setzte sie sich auf einen umgestürzten Baum und sah den Wassertropfen beim Fallen zu.

Ihre Gedanken schweiften ab. Sie fragte sich, wie es jetzt weitergehen sollte. Was sollte sie als nächstes tun? Eines war sicher – sie musste sich vom Hangman Circus fernhalten und wahrscheinlich war es sogar das Beste, wenn sie weit weg von hier ging. Wenn man sie mit Kaulders Befreiung in Verbindung brachte – und Mason würde sicher nicht mit etwaigen Andeutungen gegenüber dem Sheriff hinter dem Berg halten – drohte ihr ebenfalls eine Strafe. Nun ja, was hatte sie schon zu verlieren? Ob sie hier oder hundert Meilen entfernt ihr Leben zubrachte, spielte doch keine Rolle. Sie ließ hier nichts zurück.

„Da bist du."

Anne schreckte auf. Sie fuhr herum und erblickte Kaulder, der sie aus ihren Gedanken gerissen hatte. Unbehaglich stand sie auf.

„Was machst du hier?"

„Nachdenken."

„Worüber?"

„Wie weit weg von hier ich gehen muss, um meine Ruhe zu haben."

„Willst du deine Ruhe auch von mir?"

Ein erhobener Revolver hielt Kaulder davon ab, sich ihr weiter zu nähern, als er es bereits getan hatte.

„Bleib, wo du bist, Ross!"

„Nenn mich nicht so."

Anne erwiderte nichts.

„Du hast mich doch nicht gerettet, um mich dann zu erschießen, oder?"

Sie riss erschrocken die Augen auf, als Kaulder weiter auf sie zuging.

„Ich warne dich! Ich hab meine Schuld beglichen, es gibt keinen Grund, warum ich dich jetzt nicht erschießen sollte."

Doch er war bereits bei ihr. „Kaulder!", rief sie erschrocken auf, als er seinen Solarplexus gegen ihren Revolver drückte. Damit nicht genug, drängte er sie einen Schritt zurück, ehe sie gegen einen mächtigen Baum stieß. Seine abrupte Nähe raubte ihr beinahe die Sinne.

„Es gibt nichts, das mich von dir fernhalten könnte, Anne. Egal, wie weit du von hier weggehst oder wie gut du dich an deinem Revolver festhältst, ich werde da sein."

Sein Atem strich über ihren Hals. Ihre Atmung beschleunigte sich. Sie sollte wohl jetzt den Hahn spannen.

Nein, das hätte sie bereits früher tun sollen. Jetzt sollte sie am besten abdrücken. Sich dieses Mannes entledigen. Ein für alle Mal. Sie war ihm nichts mehr schuldig, ihre Geschichte hatte bereits ein passendes Ende gefunden.

Er hatte ihr viel gegeben.

Und er hatte ihr viel genommen.

Sie waren quitt.

„Weißt du noch, als ich sagte, es wäre gut, ein Pferd auf der Flucht auch lenken zu können? Das kann ich jetzt, Kaulder - dank dir - und egal, wie weit du mich verfolgst, ich werde dir immer einen Schritt voraus sein."

Er blickte von ihren Lippen zu ihr auf und verzog die seinen zu einem nonchalanten Lächeln.

„Red dir das ruhig ein."

Ohne jegliche Vorwarnung presste er seinen Mund auf den ihren. Ein Feuerwerk tobte in ihr und drohte, sie verglühen zu lassen, als wäre sie der Sonne zu nahe gekommen. Sie wollte das nicht tun. Nein – sie *sollte* das nicht tun. Doch ihr Widerstand schwand mit jeder betörenden Bewegung seiner Zunge, jeder gierigen Berührung seiner Lippen. Ihr Körper strafte sie schon bald Lügen. Sie konnte ihm nicht widerstehen, und sie würde es wohl nie können.

Einen Herzschlag lang lösten sie sich voneinander. Schwer atmend. Sie blickte in seine klaren, blauen Augen und suchte – hoffte – irgendetwas darin zu finden, das sie von ihm abbringen könnte. Das stark genug war, damit sie ihn hier und jetzt von sich stieß. Sie hoffte auf Heimtücke, Schwäche, irgendetwas, das deutlich ma-

chen würde, dass sie ihm nicht trauen sollte. Doch seine Augen erzählten eine Geschichte, die sie nur allzu gut verstand.

Ihre Lippen pressten sich wieder aufeinander. Noch stärker. Noch leidenschaftlicher. Mit einem dumpfen Geräusch fiel ihr Revolver gleich ihrer letzten Barriere zu Boden.

Er hatte sie entwaffnet.

Unruhig stand Anne auf dem hölzernen Vorbau und hielt sich unbewusst im Schatten, den das schmale Dach des geschäftigen Bahnhofes von Whitecourt auf sie warf. Die vielen Schritte der anderen Reisenden, die über die Holzdielen gingen, gemischt mit deren Gesprächen, erschuf eine hektische Atmosphäre. Diese kam ihr allerdings nicht unrecht, schon den ganzen Morgen über verspürte sie den Drang, unsichtbar sein zu wollen.

Sie war froh, dass ihre Bluse und ihre Röcke trotz der überstürzten Flucht, dem Gefängnisausbruch und der Nacht im Freien einen einigermaßen gepflegten Eindruck machten. Zu schäbige Kleidung oder Schmutz hätte sicher einige Blicke auf sie gelenkt. Ihre zumeist auffällige, rote Haarmähne hatte sie wohlweislich in einem Zopf gebändigt. Das Einzige, das sie an einem Ort wie einem Bahnhof noch verdächtig wirken lassen könnte, waren die fehlenden Koffer. Sie hatte ihre Satteltasche mit dem wenigen Hab und Gut, das sie in der Eile eingepackt hatte, bei sich, doch im Gegensatz zu den anderen Damen hier war das wahrlich wenig Gepäck.

„Wir sehen kurz nach, wann der nächste Zug fährt."

Kaulder ließ ihre Hand los. Es war unsinnig, doch der Gedanke, auch nur fünf Minuten von ihm getrennt zu sein, gefiel ihr nicht. Trotzdem nickte sie und sah ihm und Mick gedankenverloren nach, ehe sie zwischen den Körpern der anderen Zugfahrenden verschwanden.

Sie hatten letzte Nacht lange geredet. Sehr lange. Und im Laufe ihres Gesprächs war Anne bewusst geworden, dass sie ihn zu Anfang wohl nur so verachtet hatte, weil *er* nach außen hin das verkörpert hatte, was sie im Inneren gefühlt hatte: Einen vom Leben schwer gezeichneten Menschen. Im Gegensatz zu ihr aber war er in seinen schlimmsten Stunden alleine gewesen. Gut, er hatte Mason gehabt, doch dieser hatte sich nun ja alles andere denn als zuverlässiger, vertrauenswürdiger Freund aufgetan. Und Männer sprachen ohnehin selten gemeinsam über ihre Gefühle. Fast hatte sie ein bisschen Verständnis dafür, dass er sich in die Arme des Alkohols geflüchtet hatte.

Viel wichtiger jedoch als ihr Verständnis für seine Situation und wie er mit seinen Problemen umgegangen war, war jedoch, dass er hoch und heilig geschworen hatte, keinen Alkohol mehr anzurühren. Seit er sie kannte, hatte sich etwas für ihn verändert, er sah Licht am Horizont – das waren seine Worte gewesen. Was kurz vor seinem Rauswurf aus dem Circus geschah, hätte er zutiefst bedauert, doch er hätte sie nie aufgeben können, auch wenn sie ihn Tausende Male abgewiesen hätte, das hatte er ihr versichert.

Nun, er war wohl der Einzige, den ihr Revolver nicht

fernhalten konnte.

Anne klammerte sich an sein Versprechen und war gewillt, ihm eine zweite, letzte Chance einzuräumen. Was hatte sie schon zu verlieren? Nichts, denn ihr Herz war bereits das seine. Sie konnte sich dagegen wehren oder nicht – und sie wusste, dass sie beides konnte – doch ein letztes Mal war sie nun gewillt, ihm zu vertrauen. Er wusste, was das bedeutete.

Die beiden Männer waren noch immer nicht zurück. Annes Unruhe stieg, doch sie sagte sich, dass die beiden womöglich in der Schlange stehen mussten, um etwas sehen zu können, oder es einfach zu viele Menschen waren, durch die sie sich hindurchschlängeln mussten. Wie dem auch war, es war kein gutes Gefühl, allein zu sein.

„Na, da ist ja unser Vögelchen."

Neben Anne tauchte eine Gestalt auf, die ihr äußerst gut bekannt war. Und es bescherte ihr alles andere als Glücksgefühle.

„Chang", stellte sie nüchtern fest, als sie den Chinesen aus Masons Show abfällig musterte.

„Sie ist hier, Brick", rief er über die Schulter.

Ein großer, breiter Mann steuerte aus der Masse heraus auf sie zu. Auch er gehörte zum Hangman Circus.

„Was wird das hier?", fragte sie und tastete nach ihrem Revolver.

Chang kam ihr zuvor und wedelte grinsend mit ihrem Revolver vor ihrer Nase: „Zu langsam, Vögelchen."

„Gib ihn mir sofort zurück, sonst...", drohte sie und versuchte, danach zu greifen.

„Sonst was? Kratzt du mir die Augen aus?"

„Zum Beispiel."

„Los, Schluss mit dem Theater. Du kommst mit uns."

„Ich… Was? Hört auf… sofort!", rief Anne, konnte jedoch nicht verhindern, dass beide sie unter den Armen packten und sich beinah gentlemanlike dort einhakten.

„Sei ruhig", flüsterte Chang, dessen Nähe Anne Schauer des Ekels über den Rücken sandte, „wir wollen doch hier keine Szene machen, hm?"

Anne sah sich um. Einige der Leute warfen ihnen bereits Blicke zu. Den Teufel würde sie tun.

„Ich bezweifle, dass du weißt, was ich will", knurrte sie.

Doch gerade als sie sich zur Wehr setzen wollte, ertönte ein ohrenbetäubender Pfeifton. Ein Zug rollte langsam heran. Das rhythmische Geräusch der Dampfmaschine und des Stangenantriebes, gepaart mit dem Zugführer, der die Glocke über der gewaltigen Schnauze der Maschine wie wild läutete, ließ jegliche Nebengeräusche untergehen. Die Bremsen quietschten gleichmäßig und wurden lauter, je näher das ehrfurchterweckende Gefährt kam. Anne hatte schon lange keine Lok mehr gesehen und stellte fest, dass das riesige Gebilde nach wie vor einschüchternd wirkte.

Ihre beiden Eskorten zerrten sie voran, jegliche Hilferufe gingen im Lärm unter. Kurze Zeit darauf herrschte jede Menge Aufregung, als die Passagiere aus den Waggons sprangen und ihre Liebsten suchten. Schritt um Schritt, mit beängstigender Leichtigkeit, zogen die beiden Männer sie immer weiter voran. In diesem Durch-

einander würde Kaulder sie niemals finden können, falls er sie denn überhaupt schon suchte. Sie musste sich etwas einfallen lassen.

Nicht weit von ihnen entfernt sah sie eine junge Frau, die soeben aus dem Zug ausgestiegen war und ihren Koffer neben sich abgestellt hatte. Sie würden direkt an ihr vorbeigehen, das war vielleicht ihre Chance. Als sie nur noch wenige Schritte trennten, mobilisierte Anne all ihre Kräfte und versuchte sich freizukämpfen. Sie wusste, dass sie keine Chance haben würde, doch vielleicht wurde diese Frau auf sie aufmerksam und half ihr. Brick stieß durch ihre heftige Gegenwehr gegen den Koffer der Fremden, der daraufhin umkippte. Sein Gleichgewicht suchend stapfte er auf das am Boden liegende Gepäckstück und hinterließ einen riesigen Fußabdruck darauf.

Aus den Augenwinkeln erblickte Anne plötzlich etwas an Bricks Brust, das schimmerte. Panisch sah sie zu Chang und fand dort den selben schimmernden Stern vor, der ganz klar signalisierte, dass hier Gesetzesmänner bei der Arbeit waren – und sie war nicht etwa das Opfer, sondern die Übeltäterin!

„Sie ungehobelter Klotz, sowas nennt sich Gesetzeshüter! Was glauben Sie eigentlich, wer Sie sind? *Mein Name* ist *Amber Marshall* und…"

Die empörten Rufe der Frau, deren Koffer sie umgestoßen hatten, gingen bald im Juchzen und Kreischen der vielen Menschen, die sich nach langer Zeit wiedersahen, unter. Sobald das Dreiergespann sich vom Bahnhof zu entfernen begann und auf drei wartende Pferde

zusteuerte, dämmerte Anne langsam, dass sie äußerst schlechte Karten hatte.

„Was wollt ihr von mir?", fragte sie, während sie ihren Widerstand nach und nach aufgab.

„Wir nichts, aber der Hangman. Er meinte, du hättest ihm was versprochen, Vögelchen."

Wie schon tausende Male zuvor saß Anne auf dem Stuhl vor Masons Schreibtisch. Was dieses Mal von den vielen anderen Malen unterschied, waren die Fesseln an ihren Händen. Und an ihren Füßen.

„Da sind wir also wieder", stellte Mason zufrieden fest, nachdem er sie einige Zeit stumm gemustert hatte, da Anne jede Art von Kommunikation verweigert hatte.

„Ich hatte schon fast gedacht, du würdest mich mit nichts als deinem Wort sitzen lassen. Wie schön, dass du dich doch anders entschieden hast."

Ungläubig blickte Anne ihn an. Er sprach fast so als hätte er den Verstand verloren. „Wie dir vielleicht nicht ganz entgangen ist, geschah das nicht ganz freiwillig!", warf sie entrüstet ein.

Ein Schatten huschte über sein Gesicht. Dann lächelte er wieder.

„Ich kann den morgigen Tag kaum erwarten. Oh, warte!", er sprang mit vor Vorfreude blitzenden Augen auf und verschwand durch den Vorhang im hinteren Teil seines Zeltes. Sogleich kam er wieder hervor, trat neben seinen Schreibtisch und hielt begeistert etwas in die Höhe.

„Du wirst fantastisch darin aussehen."

Anne konnte ihre Überraschung nicht vermeiden.

„Mason, das ist ein Brautkleid. Was zur…"

„Ja!", rief er begeistert, „ist es nicht wunderschön?"

„Mason", wiederholte sie eindringlich und lehnte sich so weit vor, wie sie konnte, „ich werde dich nicht heiraten." Es war ihr ein Rätsel, wie er das tatsächlich glauben konnte.

Im nächsten Moment brannte ihre Wange. Ungläubig starrte sie ihn an. Der freudige Ausdruck auf seinem Gesicht war verschwunden.

„Doch, das wirst du", war alles, was er sagte, sein Ton war eisig. Anschließend hellten sich seine Züge wieder auf.

„Das wird ganz fabelhaft, ich habe jeden erdenklichen Schmuck in Redwood's Kirche bringen lassen und…"

Lautes Stöhnen unterbrach ihn. Im nächsten Augenblick wurde der Zelteingang aufgerissen.

„Boss, wir haben ihn!"

Vier Männer stolperten herein. Drei davon gehörten zur Crew das Circusses. Einer nicht.

„Kaulder!", rief sie erschrocken.

„Anne!", rief er erleichtert. Ein Schlag Masons in die Magengrube ließ diese Erleichterung jedoch sogleich schwinden. Kaulder hustete, sog scharf die Luft ein und hob sein Kinn wieder an.

„Ich kann nicht behaupten, dass ich mich freue, dich zu sehen, Ross. Doch ich freue mich sehr darüber, dass ich deinen Annäherungsversuchen Anne gegenüber nun endgültig Einhalt gebieten kann. Morgen wird dich der Sheriff abholen und direkt zum Galgen karren. Das

Gefängnis ist ja leider nicht mehr einsatzfähig, also will er keine Zeit verlieren."

Spätestens jetzt war Anne ganz und gar klar, dass Mason den Verstand verloren hatte. Er baute sich seine eigene Welt zusammen, in der alles so lief, wie er sich das vorstellte, ganz egal, wie die Realität aussah.

„Schafft ihn raus. Bindet ihn gut an. Und bewacht ihn. Ich will nicht, dass er nochmal entkommt", wies er an, woraufhin sie Kaulder wieder nach draußen schleiften. Annes und sein Blickkontakt riss ab, als die Zeltplane hinter ihm zufiel. Wut brandete in ihr auf. Sie holte Luft, um Mason alles Mögliche an den Kopf zu werfen. Doch sie hielt inne. Mason lächelte sie ungerührt an. Beinah wie ein kleines Kind, das die Situation, die sich um ihn herum abspielte, nicht verstand.

„Wann...", sie räusperte sich und schluckte ihren Ärger hinunter, „wann ist denn unsere Hochzeit?" Sie bemühte sich, das letzte Wort nicht wie eine tödliche Krankheit klingen zu lassen.

„Gleich morgen Früh! Es ist schon alles vorbereitet, du musst dich um nichts mehr kümmern." Er lächelte zufrieden.

„Wie schön."

Das Pendel schlug aufgebracht gegen die unnachgiebigen Wände der Kirchenglocke, wie schon einmal vor langer, langer Zeit. Doch dieses Läuten klang heller – vermutlich besaß Redwood lediglich eine simple Eisenglocke, die bei der Sorgfalt der Leute hier und der Luftfeuchtigkeit womöglich sogar noch verrostet war.

Die Kirche roch modrig. Das Holz war dunkel, als wäre es in Wasser getränkt worden. Auch die vielen prunkvollen Sträuße und Bänder, mit denen der Raum regelrecht übersät war, konnten die Schwere, die in der Luft lag, nicht auflockern.

Die Sonne hatte es noch nicht wirklich geschafft durch den Nebel zu brechen, der allmorgendlich über der Stadt am See hing. Auch die entzündeten Kerzen brachten das Innere der Kirche nicht zum Leuchten, genausowenig wie die junge, schöne Braut mit dem wallenden roten Haar.

„Mason Ward und Anne Hastings, seid ihr aus freiem Willen hier um frei von Zwängen und mit ganzem Herzen in diese Ehe zu schreiten?"

Anne schluckte.

Mason strahlte und antwortete mit einem lautstarken: „Ja!"

Mittlerweile war es ihr kein Rätsel mehr, weshalb der „gute alte" Mason *Hangman* genannt wurde. Er war nicht gut. Er war ein Monster.

Alle Blicke richteten sich auf Anne, die verhalten nickte und ebenfalls ein „Ja" hervorpresste. Ihre Knie waren weich wie Butter, ihr Magen fühlte sich an, als hätte er sich dreimal um sich selbst gedreht. Sie stand hier ohne Fesseln und doch war sie eine Gefangene. Doch was ihr am meisten Angst machte, war, was dieses Gelübde bedeutete und was es nach sich ziehen würde.

„Seid ihr bereit auf dem Weg der Ehe den anderen zu lieben und zu ehren, solange ihr lebt?"

Wieder bejahten sie. Anne fühlte sich als könnte sie

jede Sekunde in Ohnmacht fallen. Sie war nicht Herr über sich, sie funktionierte wie eine Marionette.

„Nun denn, wenn niemand der hier Anwesenden etwas gegen diese Eheschließung einzuwenden hat, so überreichen wir nun die Ringe."

Der Nebel um Anne herum wurde mit jeder Sekunde, die verstrich, dunkler. Der weiße Schleier vor ihrem Gesicht wirkte wie die Verkörperung dessen. Sie saß fest in dieser Situation, von der sie sich so weit weg wünschte, wie sie nur konnte. Diese Fähigkeit, sich weit, weit weg aus der Gegenwart zu denken, beherrschte sie noch aus lange vergangenen, finsteren Tagen.

„*Ich* hab etwas dagegen", ertönte eine Stimme aus der geringen Menge der Gäste.

Mit zitternden Lidern blickte Anne auf und über die Reihen hinweg. Ihr Herz hatte aufgehört zu schlagen. Ein Vakuum umschloss sie und hielt die Zeit an. Dort, in der hintersten Reihe, war ein Mann aufgestanden.

„Wie bitte?", fragte der Priester verdutzt.

„Ich habe einen Termin beim Henker", erklärte der Mann und fixierte Mason, „er hat etwas, das mir gehört."

Anne konnte regelrecht spüren, wie Mason der Atem stockte, während ihr eigenes Herz langsam wieder einen Rhythmus aufnahm.

„Dieser Mann ist ein verurteilter Straftäter. Er muss sofort ergriffen werden!", rief Mason aufgebracht.

Kaulder trat auf den Gang hinaus und hielt seine Hand mit der Innenseite nach oben hoch. „Anne", sagte er ruhig und sah die Braut an. Ein Ruck ging

durch ihren Körper. Sie machte einen Schritt.

„Haltet ihn auf! Er… Das ist meine Braut! Bringt sie mir zurück!", Mason wurde immer verzweifelter.

Niemand rührte sich. Noch ein Schritt. Sie blickte in Kaulders Augen und blendete alles andere um sie herum aus. Langsam klärte sich der Nebel um ihren Geist, ihre Schultern strafften sich. Kaulder lächelte entspannt. Seine Gelassenheit machte ihr Mut. Sie hatte keine Ahnung, was er vorhatte, doch bevor sie dieses Scheusal heiratete, wollte sie im Zweifelsfall lieber sterben.

„Noch einmal läufst du nicht vor mir weg, ohhh nein!", brüllte Mason wie von Sinnen.

Bei Kaulder angekommen, blieb sie stehen und ergriff seine Hand. Er griff nach dem Schleier und lüftete ihn. Anne hob das Kinn. Sie lächelte. Er gab ihr Sicherheit. Und sie liebte ihn.

„Miss Hastings, trotz der Tatsache, dass sie bereits adäquat gekleidet sind, werde ich sie hier und heute nicht zu meiner Frau nehmen. Auch wenn mir nichts lieber wäre als das. Doch ich verspreche Ihnen, dass wir etwas weitaus Schöneres auf die Beine stellen werden als das hier." Kaulder nickte unmerklich und deutete damit auf ihre Umgebung hin.

Eine Träne bahnte sich einen Weg Annes Wange hinab. Diese Verheißung war zu schön, um wahr zu sein. Was gäbe sie dafür, ihr Leben mit ihm verbringen zu können, jetzt und für immer.

„Hat Mick dich befreit?", flüsterte sie.

Kaulder nickte mit einem Lächeln. Sie wandten sich zum Gehen.

„Ich werde euch hier nicht so einfach gehen lassen, Ross!", schrie Mason.

„Das würde ich nicht tun."

Anne sah sich um. Ein Mann aus der vordersten Reihe hatte sich erhoben und seinen Hut abgenommen. Mick! Er zielte auf Mason, der seine Waffe wiederum auf Kaulder und Anne gerichtet hatte. In unmittelbarer Nähe ertönte das Klicken eines weiteren Abzuges. Sie erblickte Kaulders ausgestreckten Arm, in dessen Hand sich ebenfalls eine auf Mason gerichtete Waffe befand.

„Diese Frau ist nicht aus freien Stücken hier und deshalb verlange ich, dass ihr uns in Frieden ziehen lasst", sprach er zum Priester und den Gästen.

„Kein Wunder", brüllte Mason außer sich, „dass ihr beiden euch gefunden habt. Die eine ist ein fallender Engel und der andere ein aufstrebender Teufel. Aber ich verspreche euch, ich werde euch eigenhändig durch die Pforte der Hölle..."

Anne hörte nicht mehr zu. Mick ging langsam rückwärts den Gang entlang, um zu ihnen aufzuschließen. Mit Schrecken registrierte Anne ein kaum sichtbares Nicken von Mason – er gab seinen Leuten den Befehl, zuzuschlagen. In Windeseile packte sie Kaulder und zog ihn hinaus. Sie stolperten die Treppe hinab, während drinnen mehrere Schüsse ertönten. Die angebundenen Pferde scheuten unruhig. Anne ließ Kaulders Hand los, schnappte sich eines von ihnen und schwang sich in den Sattel. Was hätte sie für ihren Revolver gegeben!

Kaulder schwang sich auf Jacks Rücken und Mick hatte ebenfalls bereits den Fuß im Steigbügel. Chang,

Brick, Mason und noch andere Mitglieder des Hangman Circusses stürmten nach und nach aus und hinter der Kirche hervor und feuerten auf sie.

„Los", befahl Kaulder lautstark, sobald Mick gerade mal halb im Sattel saß.

Die beiden Männer feuerten zurück, während die Pferde in nur wenigen Sekunden in Höchstgeschwindigkeit verfielen. Sie preschten zwischen den Häuserreihen von Redwood entlang. Anne dankte Gott für den trockenen Boden. Wäre die Straße ein einziges Matschloch wie so oft, würden sie nicht halb so schnell vorankommen.

Hinter ihnen tauchten mehr und mehr Reiter zwischen den Häusern auf und preschten auf die Straße hinaus, ihnen hinterher. Anne schlug das Herz bis zum Hals.

„Bleib dicht bei mir!", rief Kaulder.

„Gibt's auch 'ne Waffe für mich?"

Kaulder zwinkerte ihr nur zu, wandte sich um und schoss auf einen ihrer Verfolger. Er platzierte lediglich einen Streifschuss, schaltete den Reiter jedoch nicht aus. Anne verzog den Mund und signalisierte damit, dass dies nicht unbedingt eine Glanzleistung gewesen war. Sie streckte die Hand aus und trieb ihr Pferd näher zu Jack.

Nicht ohne die Augen zu verdrehen, reichte ihr Kaulder den Colt. Mit einem Zwinkern schwang Anne ihre Beine aus dem Sattel, stieß sich so fest sie konnte vom Boden ab und landete schließlich verkehrt herum im Sattel. Wahrlich, es gab bequemere Sitzpositionen im

vollen Galopp, doch im Moment gab sie wenig auf Befindlichkeiten. Mit einem gezielten Schuss schaltete sie den bereits angeschlagenen Verfolger aus. Sie verstaute den Revolver, schwang sich ein weiteres Mal aus dem Sattel und blickte anschließend wieder in Laufrichtung.

„Ich hatte einen guten Lehrer", grinste sie und sah zu Kaulder hinüber.

Doch neben ihr war niemand. Panisch wandte sie sich um. Jack war stehengeblieben. Sein Sattel – er war leer.

„Mick!", rief Anne so laut sie konnte. War er schon zu weit entfernt, um sie noch hören zu können?

Ohne zu zögern riss sie ihr Pferd herum und trieb es in die entgegengesetzte Richtung zurück. Rasend schnell kamen die feindlichen Männer näher.

„Da vorne ist er!", ertönte Masons Stimme. Sie sah, wie er mit einigen Reitern sprach, die soeben in die kleine Stadt einreiten wollten.

Oh nein, der Sheriff!, schoss es ihr durch den Kopf.

Noch bevor sie Kaulder erreichen konnte, waren Masons Männer und anschließend auch die des Gesetzesmannes bei ihm.

„Anne, komm! Wir müssen hier weg!", rief Mick, der in einiger Entfernung von ihr sein hitziges Pferd in Zaum hielt.

Sie sah, wie Mason den Ellbogen nach oben zog und hinter den vielen Leibern ein Körper zu Boden sackte. Das hieß, Kaulder lebte noch!

„Du kannst jetzt nichts für ihn tun, Anne. Komm endlich!"

Widerwillig galoppierte sie zu Mick, ehe sie den Pfer-

den die Zügel gaben und das Weite suchten.

Verbissen

Es war kein gutes Gefühl, wieder in Redwood zu sein. Wenn Mason noch nicht weitergezogen war und den Sheriff oder die Einwohner davon überzeugt hatte, dass Kaulder sie ihm unrechtmäßig weggenommen hatte, dann hätten sie wohl in wenigen Minuten ein ziemlich großes Problem. Zumal der Sheriff Mason aus welchem Grund auch immer recht zugeneigt zu sein schien. Das war auch der Grund, weshalb sie ihre roten Haare so gut sie konnte unter der Hutkrempe in einem Zopf versteckt hatte und nun gespannt und unruhig zugleich zwischen zwei Häusern mit zwei Pferden wartete.

„Ich geh rein, du wartest draußen mit den Pferden! Deine roten Haare erkennen sie sofort, und wir wissen nicht, was Mason ihnen erzählt hat. Mich hat hoffentlich keiner zu genau in Erinnerung behalten. Eine bessere Möglichkeit haben wir nicht", hatte Mick gestern Abend zu ihr gesagt.

Da sie befürchteten, dass sie Kaulder gleich heute Morgen hängen würden, waren sie bereits vor den ersten Sonnenstrahlen zurück nach Redwood geritten. Mick befand sich seit gefühlten Stunden im Büro des Sheriffs. Er wollte sich als Mann ausgeben, der noch eine Rechnung mit dem Verbrecher Kaulder offen hatte. Er wäre der Bruder des Claim Jumpers, den er damals erschlagen hatte, und wäre, um seiner eigenen Genugtuung Willen, gerne bei seiner Hinrichtung dabei. Natürlich wäre es etwas verdächtig, wenn dieser sogenannte Bruder nun

ganz plötzlich auftauchte. Daher würde er dem Sheriff erzählen, dass er schon länger dem Hangman Circus hinterhergereist war, sobald er gehört hatte, dass Kaulder Ross sich zu dessen Mannschaft zählte. Dass er letztendlich von der Hinrichtung erfahren hatte, war nur logisch.

Endlich hörte sie Schritte. Mick kam wohl zurück. Erwartungsvoll sah sie in die Richtung, aus der er kommen müsste. Doch die Schritte verstummten und Anne hörte Gemurmel. Sie spitzte die Ohren.

„Hey, du da! Ja, du, komm mal her!", sagte eine unbekannte Stimme nur wenige Meter von Anne und den Pferden entfernt, doch sie konnte niemanden sehen.

„Was gibt's denn, Mister?" Das war eindeutig Micks Stimme.

„Wolltest wissen, wo der alte Ross gehängt wurde, hab ich gehört. Warst grad beim Sheriff."

Mick antwortete nichts. *Gut gemacht*, dachte Anne, *wer weiß, was der Typ im Schilde führt.*

„Ich sag dir, wo er ist."

„Warum solltest du das tun?", fragte Mick.

„Ach, kann den Sheriff nicht leiden. Ist wenn's um den Tod geht so einfallslos, verstehst du, Partner. Schau mir gerne Hinrichtungen an. Wie sie da zappeln und blau anlaufen. Herrlich. War bei Ross auch dabei, war aber ziemlich unspektakulär."

Anne gefror das Blut in den Adern. Sie wollte das nicht glauben! Waren sie tatsächlich bereits zu spät?

„Also? Wo war es?", ertönte wieder Micks Stimme.

„Sie haben ihn dort drüben im Wald auf seinen Gaul

gesetzt. Da gibt's 'ne Lichtung. Schöner Ort zum Sterben. Mies aber, wenn's der eigene Gaul ist, der einen in der wichtigsten Stunde verlässt. Scheint mir, da hat was Persönliches 'ne Rolle gespielt. Manche werden da ziemlich kreativ, weißt du? Erst letzte Woche haben sie in Bluetongue einen Mann an seinen großen Zehen aufgehängt und so lange baumeln lassen, bis ihm der Schädel geplatzt ist…"

Schritte näherten sich Anne. Mick erschien.

„Komm", sagte er nur knapp. Sie schwangen sich in den Sattel und ritten auf die Straße hinaus.

„He, Mister, war 'n nettes Pläuschchen!", rief der merkwürdige Typ ihnen hinterher. Er sah aus wie ein Skelett in einem riesigen Umhang. Anne schauderte. Sie wandte sich ab.

„Weißt du, welchen Wald er meint?", fragte sie.

Mick nickte: „Er hat dort rüber gedeutet."

Anne trieb ihr Pferd in den Trab.

„Anne", rief Mick und schloss mit besorgtem Blick zu ihr auf, „es wird vielleicht nicht schön sein, was wir dort finden werden."

Sie sagte nichts. Wenn Kaulder tot war, musste sie es mit eigenen Augen sehen. Auch, wenn sie dieser Anblick bis zu ihrem letzten Tag um den Schlaf bringen würde.

Bebenden Herzens durchkämmten sie den Wald.

„Wo ist denn diese verdammte Lichtung, von der der Trottel gesprochen hat?", knurrte Anne ungeduldig.

Sie hatte das Gefühl, dass sie bereits alles zweimal abgeritten hatten. Es kostete sie jede Menge Selbstbeherr-

schung, sich zu konzentrieren und nicht einfach in Panik zu verfallen und blind umherzuirren.

„Da", rief Mick und deutete in den Wald hinein.

Zwischen den Bäumen hindurch leuchtete es hell. Das bedeutete entweder, dass sie wiedermal an einem Ende des Waldes herauskommen würden, oder, dass dort eine Lichtung war. Sie trieben ihre Pferde an, die trittsicher über den weichen und mit Wurzeln und alten Ästen übersäten Boden liefen. Sie kamen dem Licht immer näher.

Wieder nichts. Sie blickten auf eine weite Wiese hinaus.

„Wir haben jetzt schon den ganzen gottverdammten Wald durchkämmt. Vielleicht hat dir dieser schräge Typ in seinem Wahn einfach nur Unsinn erzählt?", schimpfte Anne entmutigt.

Mick sah nicht minder hoffnungslos drein. Wenn dieser Rumtreiber ihnen keinen Bären aufgebunden hatte, kam jede Hilfe für Kaulder zu spät. Die Mittagszeit war bereits lange vorbei. Es fühlte sich beinah so an, als würde Kaulders Tod ein weiteres Mal auf Annes Rechnung gehen. Sie hätte rechtzeitig da sein müssen...

„Da", unterbrach Mick ihre Gedankengänge.

„Was...", sie verstummte, als sie auf der linken Seite der Wiese, die der Wald noch umrahmte, einen alleinstehenden, riesigen Baum erspähte. Kaum zu erkennen war die reglose Gestalt darunter, die sich farblich auf die Entfernung kaum von dem dicken Stamm abhob.

„Das ist doch keine Lichtung, zum Teufel!", schimpfte sie und gab ihrem Pferd die Sporen.

Sie packte das Ende der Zügel mit der zweiten Hand und ließ sie links und rechts auf die Flanken des Pferdes sausen. So schnell sie die Hufe des Tieres tragen konnten, flog sie über die Wiese auf den Baum zu.

„Kaulder!", rief sie bereits von Weitem.

Als sie schließlich bei dem mächtigen Baum ankam, brach sie in Gelächter aus. Sie lachte so sehr, dass sie sich den Bauch, der zu schmerzen begann, halten musste.

„Wir müssen einen neuen Trick üben, Anne. Aufstehen auf dem Pferd mit verbundenen Händen. Nie hat man die Stunts auf Lager, die man gerade braucht."

Kaulder grinste sie an. Er hatte Schrammen im Gesicht, ein zerrissenes Hemd und konnte sich nicht gerade der Sauberkeit rühmen, aber er lebte. Anne holte tief Luft und sah zu Mick, der ebenfalls breit grinste.

„Siehst du, ich kann mich auf ihn verlassen", meinte Kaulder mit einem Zwinkern und deutete mit einem Nicken auf Jack. Dieser stand entspannt da und musterte die beiden Neuankömmlinge interessiert, als würde er lediglich eine Pause unter einem Baum einlegen.

„Sie haben ihn nicht weggejagt?", fragte Mick ungläubig.

Kaulder legte den Kopf mit gerunzelter Stirn zur Seite und meinte: „Auf meinen guten, alten Freund Mason konnte ich mich schon immer verlassen. Er wollte mir noch extra eins auswischen. Meinte, dass es für mich noch weitaus dramatischer wäre, wenn mein eigenes Pferd mir irgendwann die Treue bricht."

„Ich fasse es nicht, dass ich das sage, aber ich danke

diesem Mistkerl", sagte Anne.

Mick lachte. Ein tiefes, irritierendes Geräusch, das man nicht allzu oft von ihm zu hören bekam.

„Nun", meinte Kaulder, „es ist ja schön, dass ihr euch amüsiert, aber könntet ihr mich vielleicht allmählich mal losmachen? Ich sitz hier schon 'ne Weile und mir schmerzt allmählich jeder Knochen."

Anne grinste und bemerkte nicht, wie Jack plötzlich die Ohren spitzte und den Kopf hob. Erst als er ein brummendes Geräusch, das wie ein tiefes, leises, langgezogenes Wiehern klang, von sich gab, zog er ihre Aufmerksamkeit auf sich. Sie verstand nicht sofort, doch Micks Pferd wurde ebenfalls unruhig.

„Ist das eine Stute?", fragte Kaulder und bekam große Augen.

„Ja…", meinte Mick und kombinierte in Windeseile, „oh, nein…"

„Jack, verdammt, bleib stehen. Alter Kumpel, lass mich jetzt nicht im Stich…"

Mick sprang von seinem Pferd und rannte zu Kaulder. Mit anmutig gewölbtem Hals ging Jack auf die Stute zu und überließ seinen Herrn seinem Schicksal. Bevor dieser jedoch vom Pferd fiel, hatte Mick ihn bereits gepackt. Mit lautem Ächzen manövrierte er ihn umständlich auf seine Schultern. Sie gaben ein Bild für Götter ab. Und Jack – der verdrehte in allerbester Manier Micks Stute den Kopf. Anne konnte sich ein herzhaftes Lachen erneut nicht verkneifen.

„Wie wär's, wenn du uns hilfst?", presste Mick hervor, der bereits einen roten Kopf bekam.

„Entschuldigung", lachte Anne und kletterte aus dem Sattel, „ich muss mir dieses Bild für dunklere Tage einprägen. Einfach herrlich!"

Auf Micks Anweisung hin holte sie ein Messer aus seinen Satteltaschen und ging auf die beiden zu.

„Ich muss auf den Baum klettern. So komme ich da nicht ran."

„Ja, aber mach schnell. Der Kerl wiegt mehr als sein Pferd", keuchte Mick.

Anne setzte einen Fuß auf einen tiefen Ast und hangelte sich Stück für Stück zu dem dicken Ast vor, an dem Kaulders Strick befestigt war. Es dauerte nicht lange, dann hatte sie das Seil durchtrennt und der dicke Strick fiel zu Boden. Mick beugte sich vornüber und setzte Kaulder auf seine Beine.

„Gottverdammt", hustete Mick, stützte die Hände auf die Oberschenkel und schnappte nach Luft.

„Jetzt hör aber auf, so schwer bin ich nun auch wieder nicht. Die reizende Dame, die dich nach unserer letzten gemeinsamen Show besucht hat, hatte weitaus mehr auf den Rippen als ich."

„Halt bloß die Klappe", knurrte Mick mit erhobenem Zeigefinger.

Anne war in der Zwischenzeit wieder von ihrem Baum geklettert und ging zu Kaulder.

„Ob ich das wirklich schon abmachen will?", grinste sie und durchschnitt seine Fesseln.

„Ich denke, das willst du", sagte er mit einem schiefen Lächeln, das ihr heiße und kalte Schauer den Rücken hinabjagte.

„Wir mussten dich mittlerweile zweimal befreien. Mick nach unserem Besuch am Bahnhof und jetzt hier. Wir sind nicht quitt. Freiheit kostet.", meinte sie frech.

Kaulders Lächeln wurde noch etwas breiter, ehe sich seine Lippen auf die ihren senkten. Er küsste sie, als gäbe es kein Morgen mehr. Und wenn ihre gemeinsame Zeit weiterhin so turbulent verlief, war dies auch gar nicht so unwahrscheinlich.

„Hey, ihr beiden, ich schätze, wir haben ein Problem."

Keiner von ihnen reagierte.

„Gottverdammt, hört mir mal einer zu!", schimpfte Mick aufgebracht.

Widerwillig und schwer atmend lösten sie sich voneinander.

„Was denn?", fragten sie beinah gleichzeitig.

Mick deutete auf Jack und seine Stute, die wie frisch verliebt über die Wiese in Richtung des Waldes trabten.

„Schätze, wir sind erstmal zu Fuß unterwegs."

Anne seufzte und blickte zu Kaulder auf: „Ich dachte, er lässt dich *nie* im Stich?"

„Nun, es gibt da eine einzige Sache…"

Epilog

„Ich frage mich, woher Mason all das über mich wusste", grübelte Anne.

Sie saßen an einem wärmenden Lagerfeuer. Mick war unterwegs, um mehr Holz zu besorgen. Anne hatte das Gefühl, er war froh, ihnen beiden eine Weile zu entkommen. Er fühlte sich wohl wie das dritte Rad am Wagen.

„Chang", sagte Kaulder knapp, „Mason benutzt ihn als Spion. Der kleine Chinese hat ziemlich leise Sohlen."

Das hatte Anne bereits vermutet. Sie schüttelte ungläubig den Kopf: „Wie ich das nur all die Zeit nicht sehen konnte. Was für ein verlogener Mistkerl Mason ist."

Kaulder zuckte die Schultern: „Was würde ich da sagen…"

Sie saßen eine Weile schweigend da. Anne genoss die Wärme, die Kaulders Körper ausstrahlte. Er hatte seinen Arm um sie gelegt und hielt sie fest an sich gepresst. Es fühlte sich so gut an, gehalten zu werden. Nicht allein zu sein.

„Wie seh ich eigentlich aus?", fragte Kaulder plötzlich mit einem belustigten Grinsen und kramte in seiner Satteltasche.

Er zog einen Rasierspiegel hervor und betrachtete sich.

„Könnte schlimmer sein", meinte er zufrieden und grinste sie an, „aber du solltest dich wirklich mal ansehen…"

Anne wandte den Blick abrupt ab, als er den Spiegel zu ihr umdrehte. Es war lange Zeit her, dass sie das letzte Mal in einen Spiegel gesehen hatte und eigentlich hatte sie nicht das Bedürfnis, diesen Zustand nun zu ändern.

„Anne", sagte Kaulder, „an deiner Stelle würde ich mir das ansehen. Nicht sehr damenhaft."

Anne schlang einen Arm um ihren Bauch. Sie blickte auf ihre Stiefel.

„Ich hab nicht mehr in den Spiegel gesehen, seit ich bei der Cunningham-Bande untergekommen bin", erklärte sie.

Da spürte sie Kaulders Hand auf ihrer, ehe er ihren Griff sanft von ihrem Bauch entfernte.

„Das machst du immer, wenn du Angst hast", sagte er mit einem knappen Lächeln.

Er hielt ihr den Spiegel hin: „Ich will wirklich nicht so mit dir weiterreiten."

Mit zitternden Fingern nahm sie den Griff des kleinen Spiegels in die Hand. Hatte sie sich nicht gesagt, dass sie vor nichts mehr Angst hatte? Sie schloss die Augen. Grausame Bilder erschienen, die sie jedoch nach und nach aus ihrem Kopf verbannte. Als da nichts mehr war außer ihr selbst, öffnete sie langsam ihre Lider und ihr Antlitz blickte ihr aus dem Spiegel entgegen. Was sie sah, ließ sie scharf die Luft einatmen. Da war eine schöne, junge Frau. Eine starke Frau, gezeichnet von ihren Narben. Jemand, den sie bereits sehr gut kannte, jedoch noch nie gesehen hatte. Das war sie.

Eine Träne entwich ihr, die sie mit einem Lächeln

wegwischte. „Stimmt, ich sehe furchtbar aus."

Da waren einige Staub- und Dreckschlieren, ein paar kleinere Schrammen und jede Menge widerspenstiger, roter Strähnen, die sich aus ihrem strengen Zopf gelöst hatten.

Kaulder lächelte, zog sie zu sich und drückte ihr einen Kuss aufs Haar, was ihr abermals ein paar Tränen entlockte. Natürlich trug sie noch die Narben ihrer Vergangenheit, sichtbar für jeden, der ihr gegenüberstand. Doch aus der gepeinigten Frau war eine Kämpferin geworden. Jemand, der sich von seinen Ängsten nicht mehr gefangen nehmen ließ.

„Wie geht es dir eigentlich mit dem Reiten?", fragte Kaulder unvermittelt.

„Nun ja", meinte sie, „ganz gut, würde ich sagen. Wobei ich keinem Pferd wirklich vertraue."

„Außer einem", grinste Kaulder.

„Nun, nach vorhin bin ich mir da nicht mehr so sicher."

Sie sahen Jack an, den sie in ausreichender Entfernung zu Micks Stute angebunden hatten. Er hatte alles Mögliche versucht, um sich seiner Angebeteten nähern zu können, ehe er die Versuche aufgegeben hatte.

„Ich möchte ihn dir schenken", sagte Kaulder.

Anne riss die Augen auf: „Nein, auf gar keinen Fall, ihr…"

„Als Hochzeitsgeschenk."

Am nächsten Tag saßen Mick, Kaulder und Anne auf je einem Pferd und ritten über eine große, grasbewach-

sene Ebene. Anne ritt auf Jack und fühlte sich unendlich leicht und glücklich.

„Denkst du, er wird uns noch verfolgen?", fragte Anne Kaulder, der neben ihr ritt, den Blick auf den Horizont gerichtet.

„Gut möglich."

„Und der Sheriff? Denkst du, sie lassen dich ziehen?"

„Wohl eher nicht."

„Also sind wir auf der Flucht."

Kaulder legte den Kopf nachdenklich zur Seite: „Ich befürchte, ja."

Anne stieß geräuschvoll, schwermütig die Luft aus.

„Aber ich hab ja eine Frau an meiner Seite, die einige Zeit in einer Horde Banditen gelebt hat. Sie weiß sicher, wie man sich erfolgreich vor den Gesetzeshütern versteckt."

Anne lächelte im Stillen: „Ich denke, mit dem Sack voll Geld, den ich in der Satteltasche habe, ließe sich schon etwas anstellen."

„Ein Sack voll Geld?", fragte Kaulder mit großen Augen.

„Na, es gibt noch vieles, das du nicht über mich weißt, Kaulder Ross", grinste sie.

„Und ich hatte schon befürchtet, wir müssten auf deine Qualitäten als Gesetzesbrecherin zurückgreifen", grinste er mit gespielt entsetzter Miene.

„Wir können ja eine Banditenbande gründen", meinte sie mit einem Schulterzucken, lachte und brachte ihr Pferd in einen Galopp.

Kaulder tat es ihr gleich und so galoppierten sie la-

chend auf den Horizont zu, hinter dem der goldgelbe Sonnenball versank.

„Hey, wartet auf mich!", rief Mick, der Mühe hatte, sein Pferd anzuspornen, ihnen nach. Offensichtlich war seine Stute noch etwas nachtragend nach dem Vorfall gestern. Er hatte sich schließlich persönlich darum gekümmert, dass sie gut angebunden war. Zu Fuß zu gehen gehörte definitiv nicht zu Micks Leidenschaften.

Wie in einem Traum schlugen die vier Hufe ihres Pferdes auf die Erde nieder, nur um sie im nächsten Moment wieder abzustoßen und in einem weiteren, mitreißenden Galoppsprung vorwärts zu bringen. Die ersten Sonnenstrahlen des Tages tauchten alles in ein goldgelbes Licht. Es schien absoluter Frieden um sie herum zu herrschen. Der Wind strich sanft durch das hohe Gras und Anne wurde klar:

Der Horizont war erst der Anfang.